転生王子はダラけたい 16

TENSEIOJIHA DARAKETAI

朝比奈 和
Asahina Nagomu

登場人物
CHARACTER
ルーゼリア
明るく優しい、
コルトフィア王国の元王女。
アルフォンスの妻。
アルフォンス・
グレスハート
グレスハート王国の皇太子。
弟フィルのことになると周りが
見えなくなる真性ブラコン。
セオドア・
デュラント
ルーゼリアとアルフォンスの学友。
カリスマ生徒総長・デュラント先輩の
兄でもある。
フィル・グレスハート
大学生・一ノ瀬《いちのせ》陽翔《はると》が転生した
本編の主人公。目立たずに
ダラダラ過ごすのが夢。

アリス
フィルの幼なじみ。
賢くて機転が利く。
トーマ
フィルの同級生。
マイペースで動物好き。
カイル・グラバー
クールな美形少年。闇の
妖精に好かれる蝙蝠の獣人。
ライラ
商家の娘で、レイの
幼なじみ。商魂たくましい。
レイ
女性好きで少し残念な、
フィルの同級生。
フィルの仲間たち
コクヨウ
ヒスイ
ホタル
コハク
テンガ
ザクロ
ルリ
ランドウ

1

俺――フィル・グレスハートは今、ステア王立学校の長期冬休み期間を利用し、グレスハート王国に帰郷《ききょう》している。

兄であるグレスハート王国アルフォンス皇太子と、コルトフィア王国ルーゼリア王女の婚姻式《こんいんしき》の準備《じゅんび》を手伝い、お祝《いわ》いするためだ。

ただ、それにかかりっきりだったわけではない。

婚姻式の準備の合間に、友人のレイとトーマとライラを連《つ》れ、グレスハートの王子として街や村を案内して回った。

そう、学校で俺は王子という身分を隠《かく》しているんだけど、今回ついに俺がグレスハート第三王子かつ日干し王子であることが、レイたちにバレちゃったんだよね。

そして俺に続いて、カイルも自分が俺の従者《じゅうしゃ》であることや獣人《じゅうじん》であることを告白した。

獣人は、ルワインド大陸で忌《い》み嫌《きら》われる存在だ。

ライラはルワインド出身だし、レイがルワインドのザイド伯爵家《はくしゃくけ》子息《しそく》だと知った直後だったから、身の上を明かすのは、すごく勇気がいったと思う。

俺とカイルの身分が知られたことで、もしかしたら皆と友達でいられなくなってしまうかもって不安になったけど、皆は受け入れてくれた。

ふざけあったり、軽口を言い合ったり、俺たちの仲は相変わらずだ。

いや、むしろ、お互いの事情を知って、前よりももっと絆《きずな》が強くなった気がする。

そんな皆と一緒に山神祭りに参加したり、レイたちのお父さんたちと新施設を視察《しさつ》したり、劇《げき》を見に行ったり、グレスハートでのたくさんの楽しい思い出を作ることができた。

そして、一番の目的だった婚姻式も、無事に終わった。

大聖堂で永遠の愛を誓《ちか》う二人はため息が出るくらい美しかったし、そのあとに行われた各国の王侯貴族を招いてのパーティーも大好評だった。

国民たちに向けてのお披露目だって、大成功——……だったと思う。

俺が鉱石《こうせき》を使って巨大な虹を作ったせいで会場はちょっと騒然としちゃったけど、皆には気づかれなかったし。

虹を作ったのは俺からアルフォンス兄さんとルーゼリア義姉《ねえ》さんへの、婚姻のお祝いの気持ちを表すためだったんだから、父さんも今回は大目に……見てくれるよね？

グレスハート城の敷地内にある温室で、俺は一つため息をついた。

ここは静かだけど、城下町は賑《にぎ》わっているんだろうなぁ。

婚姻式が終わったあとも、グレスハート国内では未だお祭り騒ぎが続いている。

話題に上がるのは、もちろん婚姻式でのことばかりだ。

アルフォンス兄さんやルーゼリア王女の仲睦《なかむつ》まじい様子や、二人の婚礼衣装とヴェールが美しかったという話。……それから、国民のお披露目の際《さい》に現れた、巨大な虹《にじ》の話。

この世界では古き時代に虹信仰《にじしんこう》があり、今でも虹を神聖《しんせい》なものと考える人は多い。

婚姻の日にそんな虹が現れたので、人々は『アルフォンス皇太子とルーゼリア皇太子妃の婚姻が神に認《みと》められた』『神に祝福されたお二人だ』『虹は神様からグレスハート王国へ贈《おく》られた祝辞《しゅくじ》だ』と盛り上がっているのだ。

う〜ん。やりすぎちゃったかなぁ。

でも、あの時、虹を見たアルフォンス兄さんやルーゼリア義姉さんは嬉《うれ》しそうだったよね。

見に来てくれた国民たちも、皆喜んでくれていた。

そんな皆の表情を見ることができたのだから、虹を作ったことに後悔《こうかい》はない。

まぁ、ちょっと大きく作りすぎちゃったかな、とは思っているけど……。

招待客が帰ったあと、父さんに呼び出しを受けた時のことを思い出し、俺はため息を吐く。

いやぁ、久々にかなり怒られた。『いくらお祝いしたいからといって、あんな大勢の前で巨大な虹を作る者がおるか！』ってさ。

あの虹を作り出したのが俺だと気がついたのは、以前俺が虹を作ったのを見た父さんとヒューバート兄さん、ダグラス宰相《さいしょう》とグランドール将軍、俺の護衛であるスケさんカクさん、そしてカイル。

あと、虹を作るのを見たことがないはずなのに、アルフォンス兄さんは気がついたみたい。

アルフォンス兄さんは天性の察しの良さに加え、俺の能力を高く評価し、俺の行動を熟知《じゅくち》している。俺に対するブラコンセンサーを備《そな》えているから、アルフォンス兄さんは特別なんだ。

だけど、ブラコンセンサーのない普通の人は、絶対に気づいていないと思う。

こちらの世界の人は虹ができる原理も知らないと聞いたし、それ以前に鉱石は威力《いりょく》が弱いということが常識だとされている。

きっと『フィル殿下が虹を作りだした』どころか、『人が鉱石を使って巨大な虹を作った』とすら思わないだろう。

現に過去二回、虹を作ったことがあるが、全然バレなかったもんね。

だから大丈夫だという確信の元、虹を作ったんだけど……。

うーむ、やはり巨大すぎたのがよくなかったなぁ。

国民たちのお祝いムードに当てられて、テンションが上がりすぎちゃったかも。

俺が眉《まゆ》を寄せて改めて反省していると、カイルが心配そうに尋《たず》ねてくる。

「フィル様、どうかされましたか？」

近くにいたガルボも、二メートルほどもある大きな体を屈《かが》めて俺の顔を覗《のぞ》き込んでくる。

「元気がないようですが、大丈夫ですかぃ？」

「婚姻式が終わったばかりで、お疲《つか》れなんじゃないですか？」

隣《となり》にいたマルコも、そう言って表情を曇《くも》らせる。

彼らは王宮温室管理者の、サルマン親子だ。

厳《いか》つい顔で大岩のような体格なのが、父親のガルボ・サルマン。温和な顔で背は高いが細身なのが、息子のマルコ・サルマンである。

俺がカイルとヒスイを連れて温室に来たのは、父さんから『婚姻式でやりすぎたことを反省しているなら、ガルボの手伝いをしてこい』と言われたからだ。

なのに、考え事をしていたせいで、余計な心配をさせちゃうとは……。

「ごめん。大丈夫だよ」

俺はそう言って、ガルボたちに笑ってみせる。

反省も大事だが、今はお手伝いに集中しないと。

気合を入れ直していると、ガルボの背後から妖精《ようせい》が顔を出した。

【本当に平気？　無理したらダメよ？】

この子は、緑の妖精のミム。

ミムはもともと森に棲《す》んでいたが、ガルボの傍《そば》にいるのが居心地が良いからって、この温室に居ついているのだ。

ガルボたちにはミムの存在を伝えているが、残念ながら彼らにはミムの姿も見えていないし声も聞こえていない。

【ガルボもマルコも頑張りすぎて、立ったまま寝ている時があるんだから】

ミムにそんなことをバラされているとは、二人とも思っていないだろうなぁ。

俺はくすっと笑って、ガルボたちを見上げる。

「本当に大丈夫。ちょっと考え事をしていただけだから。それで、僕たちは種の育成をお手伝いすればいいいんだよね？」

俺が改めて尋ねると、マルコはまだちょっと心配そうにしつつも頷《うなず》いた。

「はい、そうです。クロフォード侯爵様から種をいただいたので、こちらの温室で育てることになりました」

最近は石鹸《せっけん》やマクリナ茶や干物などの交易品が増えているけれど、グレスハートの産業の主軸は農業。

王宮の温室では花を育てる以外に、自国や他国の作物を研究している。

森に自生していたマクリナの栽培を成功させたのも、カンカン草の苗《なえ》を増やして管理しているのもここである。

カンカン草はステア王国の固有種で、水に浸《ひた》すと熱を発し、お湯に変える植物だ。

大きなお風呂を作るためにステア王国より譲《ゆず》ってもらったが、グレスハートでは外来種にあたるから、管理する必要がある。

作物の研究も大事だけど、そのせいで自国の農作物に影響が出ることは決してあってはならないからね。

「おじい様にいただいて、この温室で育てることになったってことは、他国の植物なの？」

俺の質問に、マルコはコクコクと頷く。

「アウステル王国原産の作物だそうです」

「アウステル王国？」

聞いたことがない国名だな。地図にそんな国、載っていただろうか。

首を傾《かし》げる俺に、ガルボは楽しそうに笑う。

「物知りなフィル様でも、知らないんですね。いや、俺も軽く聞いたことがあるくらいなんですがねぇ。グラント大陸の東にある島国だそうでさぁ」

島国か。それなら知らないのも仕方ないかもしれない。

こちらの世界地図は、測量も大まかで、まだ曖昧《あいまい》な部分があるんだよね。

グラント大陸、ルワインド大陸、デュアラント大陸の三大大陸内にある国は描《か》かれていても、島国が地図から省かれていることはしばしばある。

旅人の旅行記だって三大大陸のものがほとんどで、島国全般の情報が少ない。もしかすると、地図の制作者自身が小さい島国の存在を知らないのかもしれない。

「侯爵様のお話では、その国はあまり外交を行っていないそうなんです。だから、こうして固有の作物の種をいただくのも中々ないことなんですよ。しかも、たった一度の外交で自国で育ててもいい許可をいただくなんて、普通ありえません」

興奮したように話すマルコに、俺はゴクリと喉《のど》を鳴《な》らす。

「おじい様、向こうの王様に気に入られたのかな？」

貴族でありながらフレンドリーで気さくな性格の、俺のおじいさん。

老若男女《ろうにゃくなんにょ》や身分に関係なく、関わった相手を魅了《みりょう》し、仲良くなってしまうのだ。

俺の推測に、カイルが至極真面目《しごくまじめ》な顔で言う。

「ご隠居様《いんきょさま》なら、その可能性はありますね」

レイがここにいたら、『フィルのおじいさん、やっぱり人タラシだ』って言っていただろう。

ガルボはウキウキと、大きな体を左右に揺《ゆ》する。

「侯爵様に感謝しねぇと。アウステル王国の作物を育てられるなんて、なかなかねぇですから」

まるで子供のような喜び方だ。

マルコは胸に手を当てて、安堵《あんど》したように微笑《ほほえ》む。

「いただいた種は三十粒《つぶ》しかないので、フィル様がお手伝いに来てくださって助かりました。育て方はアウステル王国からいただいた資料を読んだので知っているのですが、土や水が違うと上手く育たないことがありますから。少し不安だったんです」

父さんもガルボたちが不安だと思って、精霊を召喚獣にしている俺をここに派遣《はけん》したんだろうな。

「どこまで力になれるかわからないけど、精一杯協力させてもらうよ。ね、ヒスイ、カイル」

俺がヒスイたちに同意を求めると、ヒスイはにっこりと笑った。

【はい。成長を促進《そくしん》するお手伝いなら得意ですわ】

カイルもポンと胸を叩いて言う。

「雑用でしたら、俺に任せてください」

すると、ガルボは深々と頭を下げる。

「ありがとうごぜぇやす！　どうぞ皆様のお力を貸してくだせぇ！」

体の大きいガルボは、声も大きくて迫力がある。

初めて会った時も、この声の大きさに驚《おどろ》いたんだよなぁ。

当時のことを思い出して、俺はくすっと笑う。

「さあ、頭を上げて。僕らがお手伝いできる時間は限られているから、さっそく取り掛かろう」

今年は記録的な大雪で雪解けが遅いため、冬休みが長くなっている。だけど、もうそろそろ学校へ行く準備を始めないといけない。

まぁ、レイやトーマやライラやミゼットのように、一旦自国へ帰ったあとに船や馬車で学校へ向かうわけではないから、まだ余裕があるけどね。

お辞儀《じぎ》をしたままだったガルボは、俺の言葉を聞いてバッと頭を上げる。

「そうでした！　おい、マルコ！　さっそく作業開始だ。奥《おく》から苗を持ってこい‼」

「わ、わかった‼」

指示を受けたマルコは大慌《あわ》てで苗を取りに走り、しばらくして長方形のトレーを抱えて戻って来た。

「とりあえず、試しに半分だけ種を植《う》えてみて、発芽《はつが》したのがこれです」

言いながら、マルコは畑の前にトレーを置いた。

トレーには、小さな苗ポットが十数個並んでいる。

俺とカイルは傍に座って、苗ポットを見下ろす。

「わぁ、元気な新芽《しんめ》だ」

葉っぱに枯《か》れた部分もないし、茎《くき》もしっかりしている。

ヒスイも新芽を見て、満足そうに微笑んだ。

【問題なく成長しているみたいですわね】

【当然よ。芽が出るまで、私がちゃんと見張っていたもの】

ミムは腰に両手を当て、誇《ほこ》らしげに胸を張る。

「これは、なんという植物なんですか？」

カイルが聞くと、ガルボは俺たちに作業用手袋を渡しながら答える。

「タタルっていう豆でさぁ。若い時期に収穫《しゅうかく》すれば青タタル豆、葉っぱが枯れる時期に収穫すれば完熟タタル豆が収穫できやす。侯爵様のお話ですと、青タタル豆と完熟タタル豆は見た目が全然違うそうで」

「味もかなり違うそうですよ。同じ調理法でも、まったく異《こと》なる料理になるんだとか」

ガルボとマルコの説明に、カイルと俺は「へぇ」と頷く。

「果物の中には、未熟なものをおかずとして、完熟したものをデザートとして食べるものがありますよね。そういう品種に、近いものでしょうか」

「味が違うっていうのは面白《おもしろ》いね。料理するのが楽しみ」

豆は煮《に》ても炒《いた》めてもいいし、ペーストにもしやすいから、いろいろな料理に使える。

品種によって味や食感も変わるので、収穫できたらいろいろ試してみたいな。

「今回は次の種を増やすため、青豆を少しだけ採《と》って、残りは完熟させてから収穫する予定です」

マルコの説明に頷きつつ、俺は尋ねる。

「種ができたら、またこの小さい畑に植えるの？」

すると、ガルボは首を大きく横に振った。

「いえ、豆は同じ畑では連作できねぇんです。今回栽培が成功したら、次は広い畑に植えて、さらに増やそうかと思ってるんでさぁ」

「あっちの畑で、すでに準備中です」

マルコはにこっと笑い、少し先にある何も植えられていない畑を指さす。

その畑では、土モグラ数十匹が、こちらの畑同様に畝《うね》を作っていた。

畑の中心で指示を出しているのは、マルコの召喚獣のメイベルだ。

メイベルは、周りで作業をしている土モグラたちに向かって叫ぶ。

【豆は、水はけが命なんだ。マルコ様の言っていた通り、ちゃんと畝を作るんだよ！】

【【はい！　姉御《あねご》ぉ！】】

土モグラたちは作業をしながら、威勢《いせい》よく返事をする。

召喚獣契約は基本的に一対一で行うことが多いんだけど、動物によっては群《む》れのリーダーと契約《けいやく》すると、その群れも一緒に召喚獣になる場合がある。

土モグラはそのグループ契約タイプの動物だ。

それにより、群れのリーダーであるメイベルと契約したマルコは、間接的にその群れも動かすことができるのだ。

すると、メイベルが俺たちの視線に気づいた。

嬉しそうに、マルコの元へ駆《か》け寄ってくる。

【マルコ様ぁ！　作業は順調に進んでます！】

メイベルはキラキラした目で報告する。

俺はその表情に小さく笑って、マルコに通訳する。

「メイベルが、作業は順調だって言ってるよ」

それを聞いて、マルコは笑顔でメイベルの頭を撫《な》でる。

「そうか。知らせてくれてありがとう、メイベル。大変だろうけど残りの作業もよろしくな。さっきフィル様に、動物用のお菓子《かし》をもらったんだ。作業が終わったら、皆にご褒美《ほうび》としてあげるよ」

労《ねぎら》いの言葉に感動したメイベルは、マルコの脚《あし》にしがみつく。

【マルコ様、お優しぃぃぃ。マルコ様に褒《ほ》められることこそ、無上の喜びですのに！　皆のためにお菓子もくださるなんてぇ！】

メイベルのマルコ一筋《ひとすじ》っぷりは、相変わらずだなぁ。

「お菓子を持ってこられたのは、フィル様なんだが……」

ボソッと呟《つぶや》くカイルを、俺は笑って「まぁまぁ」と宥《なだ》める。

マルコの脚にピッタリとくっついていたメイベルは、キリッとした顔でマルコを見上げる。

【マルコ様、待っていてください！　私、頑張ります！】

そう宣言すると、作業中の土モグラたちの元に戻りながら叫ぶ。

【いいかい、皆！　ご褒美をくださるそうだ。手を抜いたら承知しないよ！】

マルコに対する言い方に比べると、ずいぶんと厳《きび》しい言い方だ。

しかし、発破《はっぱ》をかけられた土モグラたちは、作業スピードを上げる。

【はい！　姉御ぉ!!】

【わかりました！　姉御ぉ！】

土モグラたちのメイベルへの忠誠《ちゅうせい》も、全然変わらないなぁ。

マルコは頑張る土モグラたちから、俺たちへと視線を戻す。

「では、まずはこちらの畑に植えることから始めましょうか」

「肥料《ひりょう》とかはいらないの？　それ以外にも何か、注意点はある？」

俺の質問に、マルコは優しく答えてくれる。

「すでに石灰《せっかい》を撒《ま》いてあるんで、必要ありません。豆は植え初めと、花が咲《さ》く時期だけに肥料を足せばいいんです」

ガルボは目の前で二株《ふたかぶ》分の穴を掘《ほ》って、苗を植えていく。

「植える間隔《かんかく》は少し広めに。……こんくらいですかね。で、穴を掘って、苗を植えやす」

ふむふむ、二十センチから三十センチ幅《はば》か。

俺とカイルはお手本となる穴を見ながら、一緒に植えていく。

苗はそんなに多くないので、手分けをしたらあっという間に植え終わった。

マルコは畑に水を撒きながら、説明してくれる。

「豆を育てる上で、水は重要です。豆は地面の浅いところに根を張ります。地表は乾《かわ》きやすく、地面が乾く度に水を与えなくてはいけません。ただ、余分に水をあげすぎるのも良くないので、畝を作って水はけをよくする必要があります」

その説明を聞いて、俺とカイルは「なるほど」と頷いた。

さっきメイベルが『豆は水はけが命』って言っていたのは、そういうことか。

「植物の種類によって、育て方が違うんですね」

「植物を育てるのは大変なんだねぇ」

カイルと俺がしみじみと呟くと、ガルボとマルコは笑った。

「大変ですが、楽しくもありやす。いい環境を整えてあげりゃあ、植物もそれに応《こた》えてくれやすからねぇ」

「綺麗《きれい》に花が咲いたり、たくさん実がついたりすると、嬉しいですよ」

【いい人たちでしょ。こういうガルボたちだから、ミムもそばにいるのよ】

ミムはそう言って、ガルボの肩にちょこんと座る。

植物に愛情を注いでいるから、緑の妖精に好かれるんだな。

「さて、水やりも終わりました。本来はこのまま、じっくり成長するのを待つだけなんですが……」

マルコに視線を向けられた俺は、コクリと頷く。

「今回は種を増やすのが目的だから、ヒスイの力を借りて成長を促《うなが》してほしいんだよね」

最適なタタルの栽培方法をいろいろ試すには、まずはたくさんの種が必要になる。

ヒスイの力で早く種が収穫できれば、すぐに研究に取り掛かれるというわけだ。

「はい。よろしくお願いします！」

「どうかよろしくお願いしやす！」

マルコとガルボは、揃って頭を下げる。

「ヒスイ、お願いできる？」

俺がそう聞くと、ヒスイは微笑んだ。

【ええ。充分水を吸っているようですから、大丈夫です。ゆっくり成長を促しましょう】

そうしてヒスイは、植物の成長を促進させ始めた。

急激に成長速度をあげることもできるが、植物に負担がかかりすぎてうまく育たないなんてことも考えられる。

植物の力を見極めながら成長を促すのは、精霊であるヒスイにしかできない技だろう。

俺たちは苗の傍に座り、地面が乾いてきたら水を撒く。

それを繰り返していると、苗がユラユラ動きながら成長し始める。

茎が伸び、葉も増えていく。

すごい。植物の成長を、倍速動画で見ているみたいだ。

小さな苗は、あっという間に二十センチほどの背丈《せたけ》にまで成長した。

「ずいぶん大きくなったね」

俺は成長したタタルの葉や茎を見つめながら、思わず感心する。

「はぁぁ、精霊様のお力はすごいもんですねぇ」

ガルボは感嘆《かんたん》の息を吐き、マルコはそんな父に向かって微笑む。

「親父。この状態なら、明日くらいには完熟タタルが収穫できるかもしれないな」

しかし、明るいサルマン親子とは反対に、ミムは渋《しぶ》い顔をしていた。

【ん～。この子、もう少しあったかくしてって言ってるわ】

苗の周りを飛びながらそう言うミムに、ヒスイも同意する。

【ええ、成長をさらに促すには、あたたかさが足りないようですわね】

カイルも苗を観察しながら、低く唸《うな》った。

「言われてみれば、さっきよりも成長が鈍《にぶ》くなっている気がします」

俺はガルボたちを振り返って、ヒスイたちの言葉を伝える。

「ヒスイとミムが、タタルの成長にあたたかさが足りないって言っているんだけど」

ガルボは慌てて懐《ふところ》にあったメモを取り出し、内容を確認する。

「うぅ～ん。育成には太陽が必要とはあるが、他には何も書いてねぇ。だが、もしアウステル王国が季節によって気温が変わる国だとすれば、温度も成長の度合いに大きくかかわってくるかもしれないな」

厳しい顔で推測を口にするガルボに、マルコは焦りながら言う。

「なら、早いところもっと温度をあげよう！」

言うが早いか、二人は温室の端《はし》にある作業小屋に向かい、板や角材を抱えて戻って来た。

角材をタタル畑の四隅《よすみ》に立て、そこに木の板をかませて倒れないよう補強する。

さらに、出入りする扉《とびら》を設置し、屋根の骨組みとともにロープで縛《しば》って固定した。

テキパキと作業している間、二人はお互いに声をかけることさえしない。

これが阿吽《あうん》の呼吸ってやつなのかな。手伝おうかと思ったけど、むしろ邪魔《じゃま》になっちゃいそう。

そう思っているうちに、あっという間に扉付きの小屋の骨組みができ上がった。

ガルボとマルコはその骨組みがしっかりしているかを確認して、満足げに一息つく。

そのタイミングで、カイルが声をかける。

「これはなんですか？」

そう尋ねると、マルコが笑顔で説明する。

「中の温度や湿度を調節するための小屋です。他国の植物を育てる時に、たまに使うんですよ。気候が違う地域の植物もありますからね。その国の気候に合わせるんです」

そうか。グレスハートは年中温暖《おんだん》だもんね。

植物の中には、気温や湿度を合わせないと、上手く成長しないものもあるんだな。

「つまり、この温室の中に、さらにタタル専用の小さな温室を作ったってこと？」

俺が小首を傾げて聞くと、ガルボは大きく頷いた。

「そうです。ここに火鉢《ひばち》を置いたり、氷を置いたりして温度を調整しやすす」

「へぇ、召喚獣にお願いしないいんだ？」

温度調節なら、動物たちにお願いしたほうが正確だし、楽なはずだけど……。

「短期間なら、頼むこともあるんですがね。場合によっては一年中ってこともあるんで、それはさすがに可哀想《かわいそう》でやめやした」

そう言って、ガルボは「ガハハ」と笑う。

そっかぁ。植物栽培は長い期間かけて行うもんね。

召喚獣に交代で温度調整をお願いしたとしても、慣れない仕事を強いれば、当然負担をかけることになる。それよりは、氷や火鉢を使ったほうがいいと考えたのだろう。

優しいガルボたちらしいな。

彼らを見上げて、俺は微笑む。

「今日はそんなに長い時間あたためなくてもいいだろうし、僕が鉱石を使うよ」

ガルボたちは嬉しそうにお礼を言う。

「そりゃあ、助かりやす！」

「ありがとうございます」

「じゃあ、さっそく鉱石を……って、この状態で温度を上げてもいいの？」

俺は目の前の小屋を、指さしてそう聞いた。

というのも、風通しの良さも大事だろうが、こんなスカスカじゃ熱が逃《に》げちゃうんじゃないかなって思ったのだ。

「屋根も骨組みだけですし、壁も一部しかありませんよね」

カイルも少し不安げに、小屋を見上げている。

すると、ガルボは再びガハハと笑った。

「ちょっと待っていてくだせぇ。これを張ったら小屋の完成でさぁ」

ガルボはそう言って、大きな筒《つつ》を手に持つ。

それを少し回すと、筒に巻き付いていた何かがふわっと広がる。

それは、透明で、薄《うす》く、少し光沢があった。

「え!? ビニール?」

俺が思わず叫ぶと、ガルボたちは動きを止めてキョトンとする。

マルコが俺に聞き返す。

「ビニ……? なんですか?」

「あ、いや、なんでもない」

ビニールっぽいけど、違うよね。この世界には、まだ作り出す技術がないはずだ。

見た目は薄いビニールにしか見えないけど、これは一体なんなんだろう。

ガルボたちが丁寧《ていねい》に扱っているのを見るに、破れやすいのかな?

「これって何?」

俺がビニールっぽいそれに手を伸ばしつつ尋ねると、マルコは説明してくれる。

「ガイナ蜘蛛《くも》の糸を加工したものです」

俺は、伸ばしかけた手を引っ込める。

つまり蜘蛛の糸？　蜘蛛……蜘蛛かぁ。

ガイナ蜘蛛は、体長十五センチもある大きめの蜘蛛。

温厚なんだけど……俺はもともと蜘蛛がそんなに好きじゃないんだよな。

そのうえ、大蜘蛛の魔獣と戦って苦戦を強《し》いられたことがあるため、大きな蜘蛛はかなり苦手なのだ。

「この糸で作られた膜《まく》は、紐《ひも》で縛らなくても、押し付けるだけでくっつくんですよ。さらに、透明で光を通すので、これで小屋を包んだとしても中に光を取り込むことができるんです」

マルコが微笑む一方、ガルボは困り顔で言う。

「ただ、加工で糸を強くしているんですが、それでも強度が強いとは言えないのが難点でさぁ。破れやすいからすぐ補修しなきゃいけねぇし、剥《は》がすと破れるんで、一度しか使えねぇんですよ」

「繊細《せんさい》なんだねぇ」

俺の言葉に二人は頷き、その蜘蛛の糸で作った膜を適度な大きさに切っては、小屋の周りにペタペタと貼《は》り付けていく。

使い方を見ていると、ビニールというより大きなキッチンラップみたいだ。

全面に貼り終え、ガルボが俺を振り返る。

「フィル様、準備が終わりやした」

俺は頷いて、火の鉱石がついたブレスレットを掲《かか》げる。

「ミム、ちょうどいい温度になったら、教えてくれる？」

そう言うと、ミムは手を挙げる。

【は～い！　了解！】

鉱石を発動させる際には、思い浮かべる文字数が少ないほど、そしてイメージを強く持つほど効力をより発揮《はっき》させられる。ちなみに漢字にはそれ自体に意味がある上に文字数も少なくなるから、ひらがなを思い浮かべて発動するより威力が増す。

範囲は小屋の中だけ、夏の暑さを思い浮かべつつ……。

「きおん上昇」

とりあえず様子を見て、ひらがなを含めた五文字で発動させてみる。

小屋の中を覗き込みながら、ミムが言う。

【あったかくなってきたけど、ちょっと弱いみたい】

漢字を使っても、五文字だとまだ弱いか。

「気温上昇」

俺が重ね掛けすると、ミムはその場でくるりと一回転する。

【いい感じ！　喜んでいるわ！】

「ただ、温度が上がった分、土が乾くのも早くなったみたいですね。俺、小屋の中に入って、水やりしてきます」

カイルの申し出に、マルコたちは大喜びだ。

「助かります。この大きさの小屋は、俺たちにはちょっと窮屈《きゅうくつ》で」

「ガイナ蜘蛛の膜を、何度も突き破っちまうんですよ」

マルコとガルボはそう言って、しょんぼり顔になる。

身長が高いのも、それなりに苦労するんだな。

「お任せください」

カイルはそう口にするとじょうろを持って、小屋の中に入っていく。

俺たちは、それぞれ役割分担をして、作業をすすめることにした。

俺はミムのサポートを受けながら小屋の温度の調整、カイルは乾いた畑の水やり、ガルボとマルコは水がなくなったじょうろの交換、ヒスイは育成の手助けといった感じだ。

しばらくすると、ミムが俺のところに来て言う。

【もうあったかくしなくて大丈夫だって】

ヒスイもタタル畑を見下ろし、満足そうに微笑む。

【小さかった苗が、ずいぶん大きく育ちましたわね】

俺は鉱石発動を止めて、小屋の中を覗き込む。

「わぁ、本当だ。さっきよりも、成長してる」

鉱石発動に集中していたから気づかなかったが、小屋を作る前よりタタル豆の背丈が伸び、葉が茂っている。

「おぉ、立派な青タタルがっ!!」

マルコが興奮した様子で叫んだ。

そしてガルボも、成長具合を確認して頷く。

「青タタルができりゃ、小屋を撤去してもよさそうだな」

別の角度から覗くと、葉の陰に実が鈴《すず》なりに生《な》っているのが見えた。

あれが、青タタルかぁ。

…………って、ちょっと待って！

俺は苦手な蜘蛛が作り出した膜だということも忘れ、小屋を覆う膜にへばりつく。

「ガルボ、青タタルを少し収穫するって言ってたよね。一莢《ひとさや》だけ採って、中の豆を確認してみてもいい？」

俺が真剣な顔で聞くと、ガルボは少し不思議そうな顔をして頷く。

「へぇ、かまいませんが」

俺は早速小屋の扉を開けて中に入り、一莢だけ収穫する。

莢を割って取り出した豆は、俺の記憶にあるものと同じだった。

「……枝豆だ」

莢の形、ふさふさとしたうぶ毛、中身の豆の形状。

「枝豆だーー‼　やったーーー‼」

俺は喜びのあまり、両手を挙げる。

青タルが枝豆ってことは、完熟タタルは大豆だよね⁉

俺は挙げていた両手を下ろし、顔を覆《おお》った。

「大豆ぅぅぅ‼」

もう、泣きそう。いや、もう泣いてる。

そんな俺を見て、カイルがじょうろを放りだして駆け寄ってくる。

「フィル様⁉　どうして泣いてらっしゃるんですか⁉」

【どうしたんですか？　フィル】

心配した顔でヒスイがそう尋ね、次いで小屋の中を覗き込んだガルボとマルコも俺の様子に慌てる。

「どうかなすったんで？」

「タタル豆に何か問題が？」

俺は浮かぶ涙《なみだ》を手で拭い、カイルたちに向かって微笑んだ。

「驚かせてごめん。これは嬉し涙だから」

「嬉し涙……ですか？」

カイルはそう不思議そうな顔で言った。

カイル以外の皆も困惑した様子で、首を傾げている。

「ずっと前から、この豆を探していたんだよ。だから、嬉しくって」

手の中の枝豆を見つめて、俺は微笑む。

「なるほど！　ライラに探してもらっていたやつですよね？」

カイルの言葉に、俺は頷く。

「そう。特徴はライラに伝えていたんだけど、国によって呼び方が違うからなのか、なかなか見つからなかったんだよねぇ」

俺は感慨深い気持ちで、手の中の豆を撫でる。

「まさか、おじい様が貰った種が、欲しかった豆だったとは……」

枝豆に大豆かぁ。

枝豆ももちろん好きだが、何より大豆をゲットできたことが嬉しい。

グレスハート産の豆や他の豆で豆腐《とうふ》を作ったことがあるけど、やっぱり大豆で作った豆腐とは違うんだよなぁ。

豆腐ができるなら、厚揚《あつあ》げとか油揚げ、おからもできる。

「ふふふふ」

思わず漏《も》れた笑いに、カイルが不安げな顔をする。

「……フィル様？」

おっと、嬉しさが溢《あふ》れ出てしまった。

頬《ほほ》をさすって、ガルボを見上げる。

「種を貰って研究してもいいって言われているんだから、収穫量を増やす許可ももらっているんだよね？」

俺の質問に、ガルボは頷く。

「へぇ。こちらでの栽培の研究結果を共有することを前提に、許可をもらっていやす。ただ、向こうさんの交易に影響が出ねぇ範囲での収穫量にはなると思いやすが」

そうだよね。交易に影響が出たらまずいよね。

でも、影響が出ない範囲なら、収穫量を増やしてもいいってことだ。

「もっと協力するからね！」

ガルボたちにそう言って、俺は枝豆畑を見渡す。

「ふふふふふふ」

笑う俺を見て、カイルは一層不安そうな顔をしていたけど、俺は込み上げる笑いを抑えることができなかった。

2

タタル豆育成の手伝いをした日から、二日後。

俺は、カイルとアリス、レイとライラとトーマを連れて、王族用の宿泊施設を訪れていた。

王族用の宿泊施設はコンドミニアムタイプで、客室となる建物とは別に食事処や浴場の入った建物があり、中庭もついていてとても豪華だ。

その幾つかあるコンドミニアムの一つに、コルトフィア王国の王子様たち――つまり、ルーゼリア義姉さんの三人のお兄さんたちが滞在している。

婚姻式の時、彼らに『友達が子ヴィノを見たがっているので、帰国前に会えませんか』って、お願いしてみたんだよね。

お兄さんたちはその願いを聞き入れ、俺たちを招待してくれたのだ。

トーマは胸を押さえて、幸せそうに息を吐く。

「あぁ、王族の方とお会いするのは緊張するけど、子ヴィノに会うのはとっても楽しみだなぁ」

「子ヴィノに会う機会なんて、なかなかないもんな」

レイの言葉に対して、ライラはにこにこしながら言う。

「本当よね。ヴィノが小さいのは、今だけだものね。頼んでくれたフィル君と、招待してくださったコルトフィアの殿下方に感謝しないと」

俺もハミルトン殿下たちに会ったら、改めてお礼を言わないといけないな。

そんなことを考えながらホテルの受付に向かう。

するとすぐにスタッフが出てきて、彼らの泊まるコンドミニアムへと案内してくれた。

俺たちが中庭にやって来ると、コルトフィア王国の近衛兵が俺たちに礼をする。

「フィル殿下、ご友人の皆様、ようこそいらっしゃいました」

その声に、庭の奥にいたお兄さんたちが振り返る。

逆光で顔が暗くてよく見えないが、背の高さで誰だかわかる。

三兄弟《きょうだい》の中で一番背が高いのが、しっかり者の長兄ハミルトン皇太子殿下。次に、ムードメーカーの次兄デニス殿下。一番背が低いのは、気は優しいがちょっと抜けている三兄モーリス殿下だ。

まぁ、一番低いとは言っても、一般からしたら大男の部類だけども。

ゆっくりとこちらに歩いてくる三人に向かって、俺たちはペコリと頭を下げる。

「ハミルトン殿下、デニス殿下、モーリス殿下。ご招待ありが……」

笑顔で挨拶《あいさつ》しようと思っていた俺は、見上げた先にある彼らの顔にギョッとして、言葉が継げなくなる。

だって三人とも目元がパンパンに腫《は》れ、目が細くなっているのだ。

元々勇ましい顔立ちだったのに……今は土偶《どぐう》のよう。

俺の後ろで、レイが動揺したように呟く。

「ひ、披露パーティーで見かけた時と全然違う……」

確かに、まったく面影《おもかげ》がない。

「そのお顔、どうしたんですか……」

思わずそう尋ねたが、答えを待たずとも理由はわかっていた。

多分、泣き腫らしてこうなったんだろうなぁ。

この三兄弟は妹のルーゼリア王女を溺愛《できあい》しており、婚姻式やその後の披露パーティーでも目を真っ赤にするほど泣いていたんだよねぇ。

カイルにお願いして、三人のために目元を冷やすタオルを手配したんだけど、全然効かなかったみたい。

……いや、この腫れぼったさは、数日前のものではないかも。

「もしかして、あのあともずっと泣いていらしたんですか？」

俺がおそるおそる尋ねると、しゃがれた声でハミルトン殿下が言う。

「恥ずかしながら、そうなんだよ」

「冷やしている最中も涙が止まらず、結局こんな顔に……」

同じくしゃがれ声でデニス殿下が言い、モーリス殿下はスンッと鼻をすする。

「妹が結婚したのは嬉しいけど、やっぱり寂《さび》しくて……」

三人とも、泣きすぎで声も嗄《か》らしちゃっている。

なんならモーリス殿下は、今にも思い出し泣きしそうな勢いだ。

まぁ、気持ちはわかる。ステラ姉さんがお嫁《よめ》に行った時、俺も寂しかったから。

嫁ぎ先は馬車で何日もかかる距離だし、王子という立場上、気軽に遊びに行くこともできない。

シスコンのお兄さんたちは、相当応えるだろうな。

「招待したのにこんな状態で、申し訳ない」

ハミルトン殿下がそう言い、デニス殿下はレイたちに向かって力なく微笑む。

「普段はこんな顔ではないいんだよ」

その笑顔がなんだか哀《あわ》れで、俺たちは首を横に振った。

「い、いえ、大変な時に大勢でお邪魔してしまって、すみません」

子ヴィノに挨拶したら、すぐに帰ろうかな。

そう思っていると、アリスがおずおずと発言をした。

「あの……私、白ハリネズミと召喚獣契約をしているんです」

「白ハリネズミって……癒《いや》しの能力を持っているんだっけ？」

ハミルトン殿下の質問にアリスは頷き、白ハリネズミのイリスを召喚する。

「はい。イリスの癒しの能力を使えば、皆様の目元の腫れも少しは良くなるかと思います」

アリスの言葉に、ハミルトン殿下たちは身を乗り出した。

「本当か⁉　ありがたい！」

アリスは微笑みながら頷き、手のひらの上にいるイリスに言う。

「イリス、皆様の目元の腫れを治してあげて欲しいの」

【皆様……すごいお顔ですわね】

イリスは三兄弟の顔を見て、ポカンと口を開けていた。

治療するのに慣れているイリスも驚くほどの顔なのか……。

だが、イリスはもう一度じっくり三兄弟の顔を観察して、声を上げる。

【少しお時間をいただきますが、なんとかなると思いますわ】

主人の性質と召喚獣の相性が良ければ、相乗効果で能力が強まる。白ハリネズミは下位種だが、アリスが癒しの性質を持っているから、期待できるだろう。

イリスが「キュイ」と鳴いてしばらくすると、ハミルトン殿下たちは「おおぉ」と感嘆の声を漏らす。

「さっきより前が見やすい！」

「腫れがひいて、目が開きやすくなったのか！」

「瞬《まばた》きもしやすいぞ！」

三人は上機嫌《じょうきげん》で、瞬きを繰り返す。

俺から見ると未だ土偶のままだが、どうやら少し腫れが引いたみたいだ。

「良かった。もしこのままなら、子ヴィノを連れて帰れないいんじゃないかって思っていたんだ」

モーリス殿下はそう言って、安堵の息を吐く。

目が腫れたままなら、子ヴィノを連れて帰れない？

「それって、どういうことですか？」

俺が小首を傾げて尋ねると、モーリス殿下は庭の植え込みを指して言う。

「この顔が怖いのか、避けられてしまっているんだ」

見れば植え込みの上に、プルプルと動く白いものが四つある。

「あれって、もしかして……」

俺の言葉を引き継いで、カイルが言う。

「子ヴィノの耳ですね」

「あれ、子ヴィノの耳なの？」

トーマはそう言うと、メガネをクイッと直しながら植え込みを観察し始める。

するとそんなタイミングで、植え込みから子ヴィノがぴょこんと顔を出した。

騒がしくしていたのが気になって、出てきたのか。

「顔出した！　ちっちゃくて可愛《かわ》いぃ！」

ライラはそう小さな声で言って、体を震わせる。

一方、子ヴィノたちも俺を発見したようで、声を上げる。
【ちるたん！】
【ちるたんだ！】
「こんにちは。僕の友達を連れて来たよ！　一緒に遊ぼう」
俺が笑って、おいでと手招きする。
しかし子ヴィノたちは植木から一歩足を出したところで、ハッとして足を引っ込めた。
【ちるたん、こっちきて】
【こっち！　こっち！】
こっちに来るのが嫌なのか、逆に呼ばれてしまった。
俺がひとまず一人で歩いて行くと、子ヴィノたちはようやく植木から出てくる。
「どうして植木に隠れてたの？　向こうに行くのは嫌？」
俺が尋ねると、子ヴィノたちはタッタカ蹄《ひづめ》を鳴らして言う。
【モーたん、ちあうの！】
【にちぇものなの！】
もーたん……もしかして、モーリス殿下のことか。にちぇものは、偽物《にせもの》かな？
「偽物じゃないよ。あの人は本物のモーリス殿下だよ」
【ちあうの！　おかおも、おこえもちあう！】

【においはいっちょ！　でも、ちあうの！】

匂《にお》いは同じだが、顔と声が違うから怪《あや》しんでいるのか。

子ヴィノたちはまだ小さいので、人を見分けるのがあまり得意ではないんだよね。こうやって大きな特徴である顔と声が変わってしまったら、別人だと認識してしまっても仕方ないかも。

「普段のモーリス殿下と顔と声が違うので、混乱しているのかもしれませんね」

俺が振り返ってそう言うと、モーリス殿下は顔を覆う。

「やっぱりぃぃ！　寝る時と食べる時以外は、二匹とも物陰に隠れているんだよぉぉ‼」

嘆《なげ》くモーリス殿下を、ライラとアリスが慰《なぐさ》める。

「で、でも、顔が元に戻ったら大丈夫ですよ」

「腫れもだんだんひいてきましたよ」

「だけどさ、顔が元に戻ったらひとまず問題は解決するけど、また腫れたら避けられるんじゃない？」

デニス殿下の指摘に、俺たちは言葉を詰まらせた。

そうか、その可能性はあるよね。

たとえイリスに治してもらっても、王国から帰る道中で泣いたらまた同じことが起こるかもしれない。

泣かなきゃいい話ではあるけど、涙を止められるなら、端《はな》からこんな土偶のようになっていないのだ。

「……どうしましょうか」

背に隠れる子ヴィノたちを見て俺が呟くと、皆は困った顔で低く唸った。

「子ヴィノたち～！　俺だよ。モーリスだよ！　少しだけど顔の腫れもひいてきたからわかるだろう？　仲良くしてたモーリスだよ！」

そう言って、モーリス殿下が子ヴィノたちに向かって手を振る。哀れなほど必死だ。

しかし、まだ彼の顔は腫れている。子ヴィノたちはプイッとそっぽを向いた。

【モーたん、ちあう！】

【なかよち、ちあう！】

子ヴィノたちはキッパリ否定して、再び俺の背に隠れてしまった。

「顔が腫れてるけど、あれはモーリス殿下なんだよ？」

俺がそうフォローするも、子ヴィノは首を横に振る。

【ちあうの。モーたん、いないの】

【ハッたんも、デニたんもいないの。しゃらわれたの！】

そう言って、疑わしげな目でモーリス殿下たちを見つめる。

……同一人物どころか、三兄弟を誘拐《ゆうかい》した犯人だと思ってない？

これは、なかなか手強《てごわ》い。

モーリス殿下の必死さが裏目に出ているのかなぁ。全然、警戒心《けいかいしん》がとけないや。

俺は少し離れた位置にいる、ハミルトン殿下たちに伝える。

「あの～、やっぱり子ヴィノたちはモーリス殿下たちを判別できていないみたいです。それどころか、腫れた顔の三人が殿下たちを攫《さら》ったとすら思っていそうで……」

すると、モーリス殿下はガックリと項垂《うなだ》れる。

「そんなぁ……ヴィノ遣《つか》いの師匠《ししょう》に、なんて言ったらいいんだ」

せっかく腫れがひいて来たのに、また泣いちゃいそうだな。

モーリス殿下は子ヴィノたちをグレスハートに連れてくるため、ヴィノ遣いに弟子入りまでしたんだよね。

普段、一番お世話をしているのもモーリス殿下だと聞いている。

そんな子ヴィノたちにそっぽを向かれたら、かなりショックだろう。

「子ヴィノたちが一番懐《なつ》いているモーリスがこんな状態とは。いざという時、俺とハミルトン兄上でフォローできるだろうか」

デニス殿下は不安そうにそう呟いた。

モーリス殿下も、頭を抱えて言う。

「もし帰国途中、子ヴィノが怖がって脱走したらどうしたらいいんだ！」

動揺する弟たちを、ハミルトン殿下が睨《にら》む。

「落ち着け。泣くのを我慢すればいい話だ」

そう言う長兄《ちょうけい》を、デニス殿下とモーリス殿下はじとりと睨み返す。

「我慢できたら悩《なや》んでないだろう？」

「ハミルトン兄上は我慢できるのか？　一番涙もろいくせに」

図星だったのか、弟たちの反撃にハミルトン殿下は「う……」と言葉を詰まらせた。

そういえば、婚姻式でも一番大声で泣いていたのはハミルトン殿下だったっけ。

うーむ。まさか、こんな事態になるとは……。

俺は手招きして、レイたちを近くに呼び寄せ、囁《ささや》く。

「子ヴィノに皆を紹介したあと、少し遊べるかと思っていたんだけど、この状況だとちょっと無理かもしれない」

トーマとアリスは俺の背後に隠れている子ヴィノたちを驚かせないよう、そっと顔を覗き込みながら微笑む。

「こうして会わせてもらっただけでも充分だよぉ」

「ええ、子ヴィノが無事に帰国できるかのほうが大事だわ」

優しい言葉が、ありがたい。

ライラはハミルトン殿下たちを振り返り、小さく息を吐く。

「なんとか協力してさしあげたいけれど、どうしたらいいのかしらねぇ」

すると、腕組みしていたレイが、真面目な顔で皆を見回す。

「あのさ、俺、考えたんだけど。同一人物だとわかってもらえるかはとりあえず置いておいて、まずは今の状態で子ヴィノと一緒に遊んで、いい人だと認識してもらったほうがいいんじゃないか？」

「つまり……モーリス殿下本人としてではなく、腫れた顔の人物として親《した》しくなるってことか？」

確認するカイルに、レイは「そうそう」と頷く。

「題して、『どっちも仲良し作戦』！　腫れた顔の殿下たちとも親しくなれば、今後顔を腫らしたとしても逃げださないだろ？」

レイは自信ありげに、胸を張る。

「作戦名はいまいちだけど、案自体は悪くないわね」

ライラが「ふむ」と頷き、カイルもそれに賛同する。

「確かに、いいかもな。要は警戒心がとければいいんだから」

「そうだろ！」

にっこり笑うレイに、トーマは少し不安げな顔で言う。

「でも、すでに警戒されてるんだよ？　仲良くなれるかなぁ」

そこは俺も心配なところだ。

腫れた顔の殿下たちを、誘拐犯だと疑っているっぽいし。言わば、マイナスからのスタートだ。

後ろを見ると、未だ子ヴィノたちは、疑わしげな目で殿下たちを見ていた。

俺は少し考えて、皆に向かって言う。

「じゃあ、子ヴィノたちと仲の良いコクヨウやホタルたちに、協力してもらったらどうかな」

「あ、そうね。仲良しの皆と一緒なら、警戒心が薄れるわよね」

合点がいった様子のアリスに、俺は微笑む。

「うん。やってみる価値あると思うんだ。カイル、僕がコクヨウたちを召喚して説明している間――」

言い終える前に、カイルは小さく自分の胸を叩く。

「俺はハミルトン殿下方に、作戦をお伝えすればいいですね」

最近のカイルは、俺が言いたいことの先を読んで、行動してくれることが増えたなぁ。

俺が頷くと、カイルはハミルトン殿下の元へと向かった。

頼もしくなったカイルに感動しつつ、俺はコクヨウやウォルガーのルリ、毛玉猫のホタルや袋《ふくろ》鼠《ねずみ》のテンガ、光鶏《こうけい》のコハクやダンデラオーのランドウ、氷亀《こおりがめ》のザクロを召喚する。

空間の歪みから出てきたコハクは、さっそく子ヴィノを発見したようだ。子ヴィノを、ピッと小さな翼《つばさ》で指す。

【子ヴィノ！】

【本当です。子ヴィノです！】

ホタルも嬉しそうに尻尾《しっぽ》を揺らして、「ナ～ウ」と鳴いた。

子ヴィノたちも、そんなホタルたちに駆け寄る。

【ポタルたん！　なかよち！】

【なかよちいっぱい！】

タッタカ足を鳴らして、飛び跳《は》ねる。

ランドウはワクワクした様子で、俺を見上げた。

【子ヴィノがいて俺たちを召喚したってことは、遊んでもいいってことだな！】

まったく、こういう時だけ察しがいいんだから。

俺は苦笑して膝《ひざ》をつき、皆の頭を撫でながら言う。

「そうだよ。子ヴィノと一緒に遊ばせるために、皆を呼んだんだ。でも、その前にちょっとお願いがあるんだけど、いい？」

【お願いいっすか？】

テンガはお腹の袋からボールを出しつつ、小首を傾げる。

「うん。ハミルトン殿下たちも、遊びの仲間に入れてあげて欲しいんだ」

俺はニコッと笑って、カイルから説明を受けている三兄弟を指さす。

「ほら、あそこにいる三人。この前お城のお庭で会ったでしょ。子ヴィノを連れてお城に来た、ルーゼリア義姉さまのお兄さんたち」

ランドウたちはハミルトン殿下たちの顔をじっと見て、それから俺に向き直る。

【……見たことない顔だぞ】

ランドウは訝《いぶか》しげに言い、ホタルも申し訳なさそうに俺を見上げる。

【フィルさま。ボクも、あの人たち……はじめましての人です】

ホタルは言いにくそうに、人違いをしていると伝える。

……ホタルに気遣われた。

「本当なんだよ。顔が腫れているけど、あれはハミルトン殿下たちなんだ」

そう言って、召喚獣の皆にここに至るまでの経緯《けいい》を説明する。

ホタルたちも最初は半信半疑といった感じで俺の話を聞いていたが、匂いを嗅《か》いでようやく納得したようだ。

コクヨウは、ハミルトン殿下たちに呆《あき》れた目を向ける。

【それであのような状態なのか】

【涙を流して顔が腫れるって、人間ってどーなってんだ⁉】

ランドウはそう言うと、信じられないというように、殿下たちをまじまじと見つめる。

人体の不思議だよねぇ。ランドウたち動物からしてみたら、謎《なぞ》でしかないと思う。

【人相《にんそう》まで変わるもんなんですねぇ】

【蜂《はち》に刺《さ》されたかと思ったです】

【別人ですね】

驚いて言葉を発せないでいたザクロとホタルとルリもそう呟いた。

コハクも言葉こそ発さなかったが、ビックリ顔で頷いている。

そしてテンガは……子ヴィノと一緒に、俺の後ろに隠れていた。

【怖い顔っす！　子ヴィノが警戒する気持ち、わかるっす！】

俺の召喚獣の中で、テンガは一番臆病《おくびょう》なんだよね。

俺はテンガを落ち着かせるため、優しく頭を撫でる。

「皆の力が必要なんだ。子ヴィノの警戒をとくため、ハミルトン殿下たちを仲間に入れてくれないかな？　無理にとは言わないいんだけど……」

そう言いながら、召喚獣たちの顔を窺《うかが》う。

テンガたちが怖いなら、強制するのは可哀想だしなぁ。

そんな風に考えていると、テンガが俺の脚にぎゅっとしがみつきながら言う。

【や、やるっす！　任せてくれっす！】

【仕方ねぇなぁ。フィルのお願いなら、手伝ってやるとするか】

ランドウは前足で頬をこすりながらそう言い、ザクロはすっくと二本足で立ち上がる。

【フィル様がお困りなら、手を貸しやすぜ！】

頼まれると、途端に張り切り出すのがテンガとランドウとザクロだ。

【頑張るです！】

【皆で遊びましょう】

ホタルとルリが言うと、コハクが気合の入った声で「ピヨ」と鳴いた。

やる気いっぱいの皆を見て、コクヨウはフンと鼻を鳴らした。

【単純な奴らだな】

ごろりと寝転がり、明らかに不参加の姿勢だ。面倒くさそう。

子ヴィノはコクヨウのことを信頼しているから、参加してくれると助かるんだけどなぁ。

やりたくないなら仕方ないかぁ。でも、念のため……。

「コクヨウも手伝ってくれたら、報酬におやつを追加するよ?」

こそっと囁くと、コクヨウは耳をピクリと動かす。

【……いつも菓子で釣《つ》れると思うなよ】

そう言いつつ立ち上がるコクヨウに、俺は小さく笑った。

コクヨウがやる気になってくれて良かった。

お菓子の偉大さを実感していると、カイルがハミルトン殿下たちを連れてやって来た。

三兄弟に気づいてサッと隠れる子ヴィノたちを見て、モーリス殿下は不安そうに言う。

「フィル殿下。子ヴィノと一緒に遊んで仲良くなる作戦だと聞いたけど、大丈夫なのかな」

次いで、ハミルトン殿下とデニス殿下も小さく零《こぼ》す。

「実はフィル殿下が来る前にも子ヴィノたちの気を引こうと、ボールを見せているんだ」

「でも、全然遊んでくれなかったんだよ」

俺はそんな三人を鼓舞するように、ぐっと拳《こぶし》を握る。

「やるだけやってみましょう！　僕の召喚獣たちも、お手伝いしますから」

俺の言葉に続いて、ホタルは「ナーウ」と鳴いた。

【お手伝いするです！】

【俺たちに任せろ！】

【仲良くさせられるよう頑張るっす！】

ランドウやテンガもやる気いっぱいに、フンと鼻息を吐く。

すると、ライラが召喚獣のナッシュを呼び出した。

ライラの召喚獣のナッシュは、アライグマのような見た目の子だ。

「ねぇ、フィル君。うちのナッシュも仲間に入れていいかしら？　最近、運動不足気味なのよね」

【お嬢《じょう》が見てないだけで、ちゃんと動いてるっちゅうねん！】

拗《す》ねた口調のナッシュに、俺は小さく笑う。

「仲間が増えるのは、大歓迎《だいかんげい》だよ。あ、ハミルトン殿下たちの召喚獣も、一緒に遊ばせますか？」

俺が尋ねると、ハミルトン殿下は少し悲しそうに首を振った。

「俺たちの召喚獣は、シャイヤやドルーなどの大型動物ばかりなんだ」

それを聞いて、トーマの目が輝く。

「シャイヤとドルーが召喚獣なんですか？」

シャイヤはユニコーンのような、額《ひたい》に一本角《いっぽんづの》の生えた重種馬《じゅうしゅば》。

ドルーは長い牙《きば》を持つ、大型のジャガーだ。

トーマ、きっと会いたいんだろうな。

俺も同じ気持ちだけど、今回は難しいかもしれない。

シャイヤは地面から背までの体高が二メートル以上、ドルーは体長三メートルあるのだ。

俺は庭を見回して、ため息を吐いた。

「シャイヤとドルーを放つ場所としては、ここは手狭《てぜま》かもしれないですね」

庭にはテニスコートくらいのスペースがあるが、大型動物を動き回らせられるほど広くはないと思う。

「そうなんだ。それに、ここにいる子は小さい子ばかりだから、怖がらせてしまっても悪いしね」

デニス殿下は苦笑しながらそう言う。

それを聞いて、トーマは肩を落とす。

「そうですよねぇ。大きいですもんねぇ」

コハクは喜びそうだけど、ランドウやテンガは怖がっちゃうかもしれないよね。

他にも殿下たちは、メイラールっていう鳥も召喚獣にしているはずだけど、伝達や偵察《ていさつ》のお仕事があるから、帰国に備えて体力を温存させておきたいだろうし。

「仕方ありませんね。では、このメンバーで遊びましょう」

俺がニコッと笑うと、レイはワクワク顔で尋ねてくる。

「それで、何で遊ぶんだ？」

「ボールを蹴《け》って遊ぼうかと思ってるよ」

俺はそこまで言うと一度言葉を区切り、表情を真剣なものにする。

「覚悟してね。子ヴィノの体力はすごいから」

俺に続いて、アリスとカイルも真面目な顔で言う。

「体力の限界を感じたら、無理をしないで休憩《きゅうけい》してね」

「全員同時に参加するのではなく、交代交代で遊んだほうがいいと思う」

普段から子ヴィノと過ごしているハミルトン殿下とデニス殿下はそれを理解しているようで、神妙な面持ちでコクリと頷いた。

「子ヴィノたちは元気だからな」

「ああ、無理せず行こう」

それを見て顔を青くしたのは、ライラとトーマとレイだ。

「そ、そんなに過酷《かこく》なの？」

「覚悟がいるほど？」

「冗談だと思いたいけど……表情からして本当っぽいな」

三人はそう言って、ゴクリと喉を鳴らす。

ライラの傍らにいたナッシュも、不安そうに俺を見上げる。

【坊《ぼん》、俺、ついて行けるやろか？】

ナッシュはまだ、子ヴィノと遊んだことがないもんね。

俺はナッシュを抱き上げ、ザクロのそばに下ろす。

「初めは不安かもしれないから、ひとまずナッシュはザクロたちと一緒に見学してて」

パワフルな遊びの時、動きがゆっくりなザクロと、空を飛ぶルリ、体の小さなコハクは応援組だ。

【おう！　入るにしても、子ヴィノの動きを見てからのほうがいいぜぇ】

ザクロの言葉に、ナッシュはちょっと安堵したように息を吐く。

【そ、そうやな。そのほうが安心やわ】

「入りたくなったら、いつでも参加していいからね」

俺はナッシュに囁き、ハミルトン殿下たちを振り返る。

「では、まずは僕とカイルとレイとトーマが参加します。ハミルトン殿下たちやライラたちは、様子を見ながら僕らと入れ替わりで入ってください！」

そう告げてテンガからボールを受け取ると、子ヴィノたちに見せる。

「ここにボールがあるんだけど、このボールで遊びたい子はいるかなぁ？」

ボールを左右に振ると、それにつられるように、子ヴィノがタッタカ足を鳴らしながら前に出て来た。

【はぁ～い、ぼく！】

【はぁい！　あちょぶ！】

それに張り合うように、ホタルやランドウも言う。

【ボクたちも頑張るです！】

【負けないぞ！】

俺はニッと笑う。

「よし、皆で一緒に遊ぼう」

少し広い場所に移動して、サッカーの要領でボールを蹴る。

すると、子ヴィノやホタルたちはそれを追いかけて、猛《もう》スピードで走り出した。

「……すげぇ速さ」

「いつものボール投げより、すごくない？」

普段俺が召喚獣たちと遊んでいる様子と比較して呆気にとられているレイとトーマの肩を、カイルがポンと叩く。

「ぼうっとしていると、ボールが回ってきた時に対処できないぞ」

「いやいや、あの速さだぞ？　ボールが回ってくる気が全然しないんだけど⁉」

レイは、ボールを奪い合っている子ヴィノたちを指さす。

確かに、あの凄《すさ》まじい動きについていけるのは、カイルくらいだと思う。

「多分、そのうちボールをまわしてくれると思うんだよね」

ホタルとかにボールがまわれば、こちらにパスをしてくれるはずだ。

だけど、ホタルたちもずいぶん手こずっているなぁ。

一度はボールを確保できても、子ヴィノたちが連携《れんけい》してすぐさまボールを奪い返してしまう。

そのため、なかなかこちらにパスができないみたいだ。

あの子ヴィノたちは同じ時期に生まれた兄弟たちの中でも、特に賢《かしこ》くて運動神経がいい子らしいもんね。

「さすが優秀な子ヴィノたち」

俺が感心していたその時、黒い影が子ヴィノたちの前を横切る。

かと思ったら、先程まであったボールが姿を消した。

【あれれれ？】

ボールを追っていた子ヴィノはボールが消えたことに目をパチクリさせ、俺の召喚獣たちもキョロキョロとあたりを見回す。

【なっ！　ボールが消えたぁ⁉】

【どこいったっすか⁉】

ランドウとテンガはそんな風に言っているが、足元を探しても見つからないはずだ。

ボールは弧《こ》を描きながら、こちらに向かって飛んできているんだから。

ちょうど正面にいたレイが、反射的に手でボールをキャッチする。

「……へ？」

手の中に収まったボールを見て、レイは目を瞬《またた》かせる。

「良かったね、レイ。コクヨウがボールをまわしてくれたよ」

俺が言うと、レイは目を大きく見開く。

「え⁉　コクヨウが俺にボールくれたのか？」

驚きつつも、レイは嬉しそうだ。

【貴様はフィルよりも、ボールを持てなそうだからな】

コクヨウは、レイに向かって不遜《ふそん》な感じで鼻を鳴らす。

すると、レイは途端に微妙な顔になった。

「……なんか俺のこと、下に見てる顔してね？」

動物の言葉はわからないはずなのに、雰囲気で察したらしい。

「とにかく、ボールが貰えて良かったな。頑張れよ」

カイルはそう言いながら、俺とトーマを連れてレイから離れる。

「おう、良かった……って、なんでどんどん俺から離れて行くんだ？」

首を傾げるレイに、カイルは少し離れた場所を指さす。

そこでは、未だ動物たちがキョロキョロとあたりを見回していた。

【ボールどこっすか?】

【見ちゅからないねぇ】

テンガと子ヴィノがそんな風に声を上げている中、ランドウがレイの持つボールに気づく。

【あんな大きいもの、なくなるはずが……あ!! あったーーーー!!】

子ヴィノたちが一斉に、レイの方を向く。

草食動物ばかりなのに、その視線は肉食獣並みに鋭《するど》い。

「ヒッ!」

気圧《けお》されたレイは、ボールを抱え込む。

「ど、どうすんだ? どうすりゃいいんだ?」

「どうするって……」

投げるか蹴るかすればいいんだけど。

それを伝える前に、レイは緊迫した空気に耐《た》えきれなかったのか、ボールを持って走り出した。

「あ!」

動物相手にそれはまずい。

相手が逃げたら追いかけたくなるし、楽しくなっちゃうんだから。

【逃げたぞ!】

【まてまて～！】

案の定、ランドウや子ヴィノたちはテンションをさらに上げて、レイを追いかけ始めた。

レイも必死で走るが、速度で動物たちに敵《かな》うはずもない。あっという間に取り囲まれる。

【ちゅかまえた！】

【ボールちょうだいです～】

楽しげな子ヴィノたちとは裏腹に、レイは顔を引きつらせて叫ぶ。

「うわーー!!　囲まれたぁ!!　どうすりゃいいのぉー！」

なんだか、パニック映画みたいだな。

慌てふためくレイに、見学していたライラとアリスが叫ぶ。

「何してんのよ、レイ！　ボールを投げるのよ！」

「ボールを遠くへ投げて！」

レイはハッとして、持っていたボールを「ていっ！」と遠くへ放《ほう》った。

【あ！　ボールがあっち行ったぞ！】

【まてまて～!!】

ランドウや子ヴィノたちは、土ぼこりをあげながらボールに向かって走って行く。

「こ……怖かったぁ」

レイは気が抜けたようで、その場にへたり込んだ。

「ボールを持って走ったら、追われるに決まっているだろう」

カイルが呆れ顔で言い、俺とトーマが笑う。

「ちゃんと説明しておけばよかったね、ごめん。いきなりボールが来たら、びっくりしちゃうよね」

「きっと僕もレイと同じ行動しちゃうと思うよ」

そんな会話をしていると、ハミルトン殿下の声が聞こえてくる。

「フィル殿下！　またボールが来たぞ！」

振り返ると、ボールが再び弧を描きながらこちらに向かって飛んでくるところだった。

再度、コクヨウがボールを回してきたらしい。

向かう先は、またもやレイのところだ。

飛んできたボールを反射的に受け取って、レイは叫ぶ。

「うわっ！　なんで俺ばっかかぁ！」

それは、コクヨウがレイのことからかっているからだろうな。

向こう側で、コクヨウがニヤリと笑っているのが見えるし。

「俺にボールを寄越せ」

カイルがレイからボールを受け取り、動物たちのほうへと蹴り返す。

「次に来たら、僕にもボールをまわして」

「ぼ、僕も頑張るよ」

俺やトーマもフォローに入り、こちらに来るボールを交代で投げ続ける。

ただ、すぐさまコクヨウが蹴り返してくるので、体力のないレイとトーマは早々に音《ね》をあげた。

「ダメだぁぁ」

「僕ももう限界ぃ」

「では、そろそろ交代しよう」

レイとトーマが離脱して、代わりに三兄弟が入ってくる。

ちょうどその時、向こう側でも動きがあった。

器用にボールを転がすコクヨウに、子ヴィノたちから不満が上がったのだ。

【こくようたん、じゅるいぃ！】

【ボールであちょびたいのにぃ！】

ボールに触《さわ》れないことに拗《す》ねて、地団太《じだんだ》を踏んでいる。

【そうだそうだ！　ずるいぞ！】

【アニキ、ボール渡してくれっす！】

子ヴィノに交じって、ランドウとテンガもそんな風に文句を言っていた。

ランドウたちも、ボールを回す係なんだけどね。

コクヨウは呆れたようにランドウとテンガを半眼で見る。

【……お前ら、本来の役目を忘れてないか？】

【役目ぇ？】

ランドウとテンガは、そろってキョトンとする。

ボール遊びに夢中で、本気でミッションを忘れているようだ。

そんな二匹の隣で、ホタルが元気よく答えた。

【仲良し作戦です！】

ホタルの言葉に、ランドウとテンガはハッとした。

【そうだった！　……あ、いや、覚えてる。ちゃんと覚えてるさ】

【忘れていないっす！】

慌てふためく二匹を疑わしげに見つめ、コクヨウは足で転がしていたボールを、こちらに向かって蹴った。

俺やカイルを飛び越え、モーリス殿下の元へボールが届く。

「わっと……あ……」

ボールを持つモーリス殿下と、ボールに向かって駆けてきた子ヴィノたちとの目が合う。

足を止めた子ヴィノたちに、あとを追ってきたテンガとランドウとホタルが言う。

【あの人たちは怖くないっすよ！】

【顔腫らしてるけど、悪くないぜ！】

【いい人です！】

子ヴィノたちは、モーリス殿下を見上げる。

【……いいちと？】

モーリス殿下は子ヴィノに向かって、猫なで声で言う。

「ぼ、ボールで一緒に遊ぼう〜」

一生懸命笑顔を作るが、まだ瞼《まぶた》の腫れが完全にはひいていない上に、緊張のためか頬が引きつっている。

正直言って、すごく怖い。

見学していたナッシュとザクロが、若干引き気味で呟く。

【……その顔はあかんわ】

【怪しいことこの上ねぇ顔だなぁ】

子ヴィノたちも再び警戒を強めて、あとずさりした。

まずい。ボール遊びでテンションが上がって、警戒心が薄れてきたと思ったのに。

どう声をかけようかと思っていると、コクヨウが子ヴィノに向かって言った。

【これしきの相手に怯《ひる》むとは。勇敢《ゆうかん》だと聞いたが、ヴィノも大したことないな】

挑発《ちょうはつ》めいたコクヨウの言葉に、子ヴィノたちは咄嗟《とっさ》に言い返す。

【ち、ちあうもん！】

【こあくないもん！】

コクヨウは疑わしそうな目で、さらに言う。

【本当か？　なら、奴を倒せるか？】

た、倒す？　いやいや、コクヨウ何言ってんの!?

話に割って入りたいが、モーリス殿下たちの前で動物と会話するわけにも……。

コクヨウは子ヴィノを見据《みす》えて、低い声で問う。

【どうする。倒さねば、モーリスたちは帰って来ない。お前たちにできるのか？】

子ヴィノたちは覚悟を決めた目で、返事をする。

【【あいっ！】】

いい返事だ。こんな時でなければ、褒めてあげたい。

だけど、倒したらダメなんだってぇ!!

「こ、子ヴィノたち、このお兄さんはボールで遊んでくれるいい人なんだよ！」

俺が誤解を解こうとするも、時すでに遅し。子ヴィノたちはモーリス殿下目掛けて走り出した。

【モーたんをかえちてぇぇ！】

【デニたんとハッたんもぉぉ！】

そのモーたんが、この人なんですけどぉ!?

「わぁ！　子ヴィノがこっちに……」

笑顔で迎えようとしたモーリス殿下だったけど、子ヴィノたちの勢いを見て、表情を変える。

「……え？　えぇ!?　ちょ、まさか――いっだぁぁぁ!!」

子ヴィノたちの頭突きが、モーリス殿下の両足の脛《すね》にヒットした。

そこは、弁慶《べんけい》の泣き所。怪力無双《かいりきむそう》の武蔵坊弁慶《むさしぼうべんけい》でさえ、痛がって泣くほどの急所である。

「ぐお……おおぅぅ……」

モーリス殿下は持っていたボールを落とし、向こう脛を抱えて蹲《うずくま》る。

その隙に子ヴィノたちは逃げて行ってしまった。

レイが顔をしかめながら「あれは痛い」と呟いた。

それに対して、トーマはコクコクと頷く。

「絶対痛いよぉ。子供とは言え、ヴィノは頭が硬いんだから」

そんなマメ知識を聞くと、余計に可哀想になる。

俺とアリスは、それぞれザクロとイリスを連れて駆け寄った。

「モーリス殿下、大丈夫ですか？　ザクロで冷やしてください」

【おう！　旦那、キンキンに冷やしてやるぜぃ！】

張り切るザクロを、モーリス殿下の左膝に乗せる。

アリスも、イリスをモーリス殿下の右膝に乗せつつ言う。

「イリスの能力で癒します」

【お任せ下さい】

モーリス殿下は涙目で言う。

「くぅっ！　冷たい……けど、痛みが……ひいているよ。ありが……とう」

ぎこちない笑顔を見るに、まだ痛いんだろうな。

ハミルトン殿下とデニス殿下も、心配そうな声で弟に声をかける。

「平気か？　モーリス」

「モロに食らったな」

「だ、大丈夫。顔合わせの時に、子ヴィノたちに……何回か頭突き……されたことあるから」

頭突きされたこと、あるんだ……。しかも、何回も。

気の毒《どく》に思っていると、そこへ子ヴィノたちが戻ってきた。

はっ！　やばい。再び頭突きをしに来たか!?

一度は耐えられても、さすがに二度目は耐えられないだろう。

俺とカイルはとっさに手を広げ、モーリス殿下たちを背にかばう。

だが――

【モーたんと……いっちょ】

【いっちょだ】

「え？」

子ヴィノの呟きに、俺は首を傾げる。

今、なんて言った？

【ごっつんこ、モーたんといっちょ！】

【いたいいたいの、モーたんといっちょ！】

嬉しそうに、タッタカ飛び跳ねる。

もしかして、モーリス殿下と一致した……のかな？

そう判断した要因がぶつかった感触なのか、痛がり方なのか、はたまた両方なのかはわからないけど。

俺とカイルが顔を見合わせていると、子ヴィノたちはその隙をついてモーリス殿下の前に行く。

そしてモーリス殿下の脛に、再びコンッと頭突きした。

「いっだぁぁ！」

先ほどよりは強くはないが、負傷した脛には充分すぎるほどに追い打ちになったようだ。

「おぅ……おぅ……」

モーリス殿下は涙を浮かべ、オットセイみたいな声でうめく。

子ヴィノの呟きに驚いて、つい隙を作ってしまった。ガードし切れず申し訳ない。

ただ、子ヴィノはその姿を見て、確信したらしい。

【おかお、ちあうけど、いたいいたいいっちょね】

【いっちょ！　モーたんだ！】


そう言うと、嬉しそうにモーリス殿下の周りを飛び跳ねる。

レイは俺の袖《そで》を引いて、小声で尋ねる。

「なぁ、フィル。子ヴィノがモーリス殿下の周りで嬉しそうに跳ねてるけど、獲物《えもの》だと思われているわけじゃないよな？」

二回も攻撃されているのを見たら、不安になるよね。

「獲物じゃなくて、多分モーリス殿下だって、わかってくれたんじゃないかな」

痛みを堪えて俯《うつむ》いていたモーリス殿下は、驚いて顔を上げる。

「え!!　本当に!?　なんで!?」

「おそらく痛がり方が、記憶にあるものと合致したのではないかと……」

俺が言うと、ハミルトン殿下とデニス殿下は哀れみの目を弟に向けた。

「痛がり方でモーリスだと判断するとは……」

「子ヴィノたちの、モーリスの認識って……」

その場にいた皆が同情したが、当のモーリス殿下は嬉しそうだ。

「それでもいいよ。それで子ヴィノが、俺だって気づいてくれたんだから」

モーリス殿下は子ヴィノの背を撫でようと、おそるおそる手を伸ばす。

子ヴィノたちは、逃げずに大人しく撫でられた。

【モーたん、あちょぼ！】

【ボールであちょぼ！】

すっかり警戒をといた子ヴィノたちは、ボールを鼻先でちょんちょんとつついてモーリス殿下を遊びに誘う。

「子ヴィノたち、まだ遊びたりないのかな？」

モーリス殿下の言葉に、俺はニコッと笑って答える。

「そうみたいですね」

「よし！　遊ぼう！」

そう言って立ち上がろうとしたモーリス殿下を、ハミルトン殿下が肩を押さえて止める。

「モーリス、まだ脚が痛いんだろう？　痛みが治まるまで、子ヴィノと遊ぶのはやめておけ」

ハミルトン殿下の言う通り、二発目の頭突きを受けたばかりだ。それに、ザクロが冷やしたり、イリスが癒したりはしているけど、一発目の痛みだって完治しているわけではなさそうだもんな。

「ハミルトン殿下の言う通りです。モーリス殿下は休んでいてください」

俺の言葉を聞いて、子ヴィノたちはしょんぼりする。

【モーたん、おやちゅみ？】

【ボールあちょび、ちない？】

子ヴィノたちは『つまんないの』と言わんばかりに、モーリス殿下の服をはみはみ噛《か》む。

甘える仕草を見て、モーリス殿下はうち震える。

「子ヴィノがボール遊びに誘ってくれてるぅ!! 俺、やっぱり参加するよ!」

再び立ち上がろうとするモーリス殿下を、今度はデニス殿下が止める。

「お前は休んでろって。俺たちが代わってやるから」

デニス殿下はそう言って、地面に転がっていたボールを拾う。

【あ! ボール!】

【かえちて!】

子ヴィノたちはデニス殿下に向かって、「メェメェ」と鳴いて訴える。

先ほどより怖がっていないようだが、ちょっと不満そう。

「大丈夫かな? 俺は認識してもらえたけど、兄上たちはまだだろ?」

心配するモーリス殿下に、デニス殿下はニッと笑った。

「モーリスを思い出して、警戒心が薄くなった今だからこそ、仲良し作戦は効果を発揮するだろ」

「今まで子ヴィノの世話をモーリスに任せきりだったことを、俺たちも反省しているんだ。子ヴィノと仲良くなって、これからは俺たちも積極的にお世話する」

ハミルトン殿下はそう言って、モーリス殿下の肩を叩く。

「ハミルトン兄上、デニス兄上……。ありがとう」

モーリス殿下は感動した様子で、二人の兄を見上げる。

それを見て、モーリス殿下の膝の上にいるザクロは、目を潤《うる》ませ鼻先をこすった。
【最高の兄弟愛じゃねぇかい】
ザクロにも兄がいるからなのか、こういった兄弟愛に弱いのだ。
そして、感動したのは、ザクロだけではなかった。
【ええ話やぁぁ！　坊、俺も見学はしまいにして、仲良しボール遊びに参加するわ！】
ナッシュが駆け寄ってきて、俺の足にしがみつく。
【ボクも頑張ります！】
ホタルが「ナーウ」と鳴き、ランドウやテンガも【俺も俺も】と前足を挙げる。
皆、いい子たちだなぁ。
俺がナッシュたちの頭を撫でていると、コクヨウはゴロリと寝転がった。
【我はもう役目を果たした。寝る】
確かに、子ヴィノがモーリス殿下を思い出してくれたのは、コクヨウの働きが大きい。
面倒臭がりのコクヨウにしては、ずいぶん協力してくれたほうだよね。
そう思っていると、コクヨウは頭だけを持ち上げて言った。
【おやつの件、忘れるなよ】
……しっかりしている。
俺は苦笑しつつも、コクリと頷いた。

ボール遊びを再開して、十五分くらい経っただろうか。

子ヴィノたちが満足した頃合いをみて、俺は皆に声をかける。

「そろそろ終わりにしましょう」

すると、真っ先にホタルたちを始めとした召喚獣の皆が駆け寄ってくる。

【フィルさま！　ボール遊び楽しかったです】

テンション高く報告してくるホタルに、俺は微笑む。

「そっか、楽しかったなら良かった」

【面白かったなぁ！】

【まだやりたかったっす！】

ランドウとテンガもまだまだ元気いっぱいだ。

そんな中、遅れてやって来たナッシュは芝生《しばふ》に寝転がる。

【元気やなぁ。俺はもう限界や】

ナッシュは普段、ボール遊びに参加しないもんね。

「ナッシュもお疲れさま」

俺がナッシュのお腹を撫でていると、ライラとレイとトーマとアリスが戻って来た。

「もう……ダメだわ」

「子ヴィノとのボール遊び……過酷すぎる」

ぐったりしているライラとレイに向かって、トーマはのほほんと笑う。

「ついていけるだけすごいよ。僕ついていけなくて、後半ずっと見学だったもん」

「私もよ。もう少し運動、頑張らないとダメね。フィルたちの動きに圧倒されちゃって、あまり参加できなかったわ」

アリスが微笑みながらそう言うと、レイは視線を俺とカイルに向ける。

「確かに、二人のボール運びはすごかったよな」

「息ピッタリだったわよね。驚いちゃった」

感心した様子のライラに、俺は笑った。

「僕たちは普段からよく、動物たちとボール遊びしているからね」

「フィルよりは体力があると思ってたのになぁ」

悔《くや》しそうにしているレイに、カイルは呆れたように言う。

「フィル様のほうが体力があるに決まっているだろう。フィル様は毎日、俺の鍛錬《たんれん》に付き合ってくださっているんだぞ。それに比べて、レイはまったく鍛錬していないだろうが」

そう。もともとは体力がなかった俺だけれど、日々の鍛錬で少しは向上しているのだ。

レイは剣術の授業も受けていないし、鍛錬もほとんどしてないもんね。

「あと、今日は子ヴィノ二匹だけだし、交代する人が多かったから、そんなに疲れてないのかも。コルトフィアで子ヴィノと遊んだ時はもっとすごかったから」

俺の言葉を聞いてその時のことを思い出したのか、カイルが小さく笑う。

「あの時は、俺とフィル様だけしかいませんでしたよね。子ヴィノも群れでしたし」

「うん。追いかけられて大変だった。あれこそ過酷な遊びだったよ」

深く頷く俺に、レイとトーマとライラは固まる。

「子ヴィノの群れ⁉」

「群れに追いかけられたの？」

「可愛いだろうけど、遊ぶのは辛《つら》そう」

辛かった。しかも、あの時は、山登りをしたあとだったから余計に。

可愛い子ヴィノたちにお願いされて頑張ったが、かなり大変だったことを覚えている。

そんな話をしていると、ようやくハミルトン殿下たちが戻って来た。

モーリス殿下も、最後に少しだけボール遊びに参加できたんだよね。

ハミルトン殿下とデニス殿下はそれぞれ、子ヴィノを腕に抱えていた。

遊び疲れたのか、子ヴィノたちは腕の中でウトウトしている。

とにかく、ボール遊びを通して、仲良くなれたみたいでよかった。

「皆、今日は子ヴィノたちと遊んでくれてありがとう」

「おかげでこんなに仲良くなれた」

「これで安心して、帰国できるよ！」

お礼を言う三兄弟に、俺は安心しきっている子ヴィノたちを見つめながら言う。

「本当に良かったですね」

するとモーリス殿下は俺の前に立ち、真剣な顔でぎゅっと俺の手を握る。

「フィル殿下、君には感謝している。子ヴィノが逃げ出した時も、今回も助けてくれて……。君は俺の救世主《きゅうせいしゅ》だ！　どうお礼をしたらよいのやら……」

救世主!?　お礼!?　感謝しているのはわかったが、そんな大げさな。

「前回はたまたまこちらに走ってきた子ヴィノを保護しただけですし、今回も一緒に遊んだだけですから。お礼なんていりませんよ。モーリス殿下たちが子ヴィノたちと無事に帰国できるなら、それで充分です」

俺がそう言って微笑むと、モーリス殿下は目を潤ませた。

「なんて優しい子なんだ。ルーゼリアは幸せ者だ。こんなにいい子が義弟《ぎてい》だなんて羨《うらや》ましいよ。俺もこんな弟が欲しいっ！」

またた。モーリス殿下はよくこういうことを言うんだよねぇ。

どう返したらいいかわからず苦笑していると、モーリス殿下が突然ハッと息を呑《の》む。

「そうか！　もう親戚《しんせき》になったわけだから、俺も兄と呼ばれてもいいのでは？　……今度から、俺のことをモーリスお兄ちゃんと呼んでくれないか？」

にっこりと笑うモーリス殿下に、俺は目をパチクリさせる。

お……お兄ちゃん⁉

え、いや、まぁ、親戚になったし、親しい人を兄と呼ぶ場合もあるけど……。

大国の王子様を、そう呼んでも大丈夫なのかな？

「え、えっと……」

俺が困惑していると、デニス殿下が「おい、モーリス！」と言ってモーリス殿下を睨む。

「お前だけずるいぞ。俺だってフィル殿下に、お兄ちゃんって呼ばれたい」

止めに入ってくれたのかと思ったら、違った。

まさかと思ってチラッとハミルトン殿下を見ると、彼は咳払《せきばら》いして、言う。

「実は、俺も……」

デニス殿下だけでなく、ハミルトン殿下もか……。

呆然とする俺の横で、レイがボソッと呟く。

「モテモテだな、フィル」

「モテモテって言うのかな……これ」

あまり嬉しいモテモテじゃないんだけど。

それから話し合いをしていた三兄弟は、少しして結論が出たらしく、声を合わせてお願いしてくる。

「「フィル殿下、俺たちのことをお兄ちゃんって呼んで！」」

俺は頭を抱えたくなった。

お兄さまって呼ぶのすら躊躇《ためら》うのに、お兄ちゃんて……。

いや、本人たちが希望しているから、正式な場では無理でもプライベートで呼ぶのは許されるのかな？

そんなことを考えていると、ハミルトン殿下たちの後ろから低い声が聞こえる。

「誰が……フィル殿下のお兄ちゃんですって？」

体格のいい三兄弟の体に隠れていてよく見えないが、怒りを含んだその声には心当たりがある。

ハミルトン殿下たちも後ろにいるのが誰かわかったようで、顔を引きつらせてゆっくりと振り返る。

「「「ル、ルーゼリア……」」」

そう、彼らの向こうには、目を据わらせたルーゼリア義姉さんと、呆れた顔をした近衛兵《このえへい》のリアナさんがいた。

ハミルトン殿下とモーリス殿下とデニス殿下は、動揺しつつも尋ねる。

「ど、どうして、ルーゼリアがここに……」

「今日はこっちに来られないんじゃ？」

「いつからいたんだ？」

「モーリス兄上が、お兄ちゃんと呼んでほしいと言い出したあたりからです。兄上たちが人相が変わるほど顔を腫らしてしまったというから、心配して様子を見に来たのに」

ルーゼリア義姉さんは低く抑揚《よくよう》のない声で言い、隣に立っているリアナさんが手に持っていたバスケットの蓋《ふた》を開ける。

「道中ハミルトン様たちが泣き腫らしても大丈夫なように、効《き》きそうな薬を用意してきたんですよ」

バスケットの中には、薬草瓶《びん》や塗《ぬ》り薬、目薬らしき小瓶が入っているようだった。

それを見て、ハミルトン殿下たちは顔を綻《ほころ》ばせる。

「俺たちのために薬を？」

「ルーゼリアァ！　なんて優しいんだ！」

「さすが、俺たちの可愛い妹！」

感動して抱きつこうとする三兄弟に、ルーゼリアは手を前に突き出して制止のポーズをとる。

「誤魔化《ごまか》さないでください。フィル殿下に『お兄ちゃん』と呼ばせようとしていたことに関するお話は終わっていません！」

ルーゼリア義姉さんはジトリと三兄弟を睨む。

お、怒っていらっしゃる。

そう……だよな。三兄弟に溺愛されてきた妹としては、俺がハミルトン殿下を『お兄ちゃん』と呼ぶのは、微妙な気持ちになってしまうかも。

「あの……ルーゼリア義姉さま」

俺が名前を呼ぶと、ルーゼリア義姉さんはこちらにやって来て、ぎゅっと抱きしめてくる。

「フィル殿下は私の義弟《おとうと》なんです！　私だってようやく、こうやって『ルーゼリア義姉さま』って、呼んでもらえるようになったばかりなのに！　だったら、私だってお姉ちゃんって呼んでもらいたいです！」

そう言いながら、兄たちをキッと睨む。

「え……ぇぇ……」

俺の口から困惑の声が漏れた。

怒っていたのって、それが理由？

思ってもみなかった事態に、俺は呆気にとられる。

そんな俺に、ルーゼリア義姉さんは屈んで目線を合わせてから、真剣な顔で言う。

「義姉さまじゃなく、お姉ちゃんって呼んでみてください」

それを聞いたモーリス殿下とデニス殿下が、不満げに口を尖《とが》らす。

「ルーゼリアがお姉ちゃんなら、俺たちだっていいだろう？」

「そうだよ。親戚なんだから」

「兄上たちは、まずはアルフォンス様に許可をいただいてからです」

ルーゼリア義姉さんの言葉に、モーリス殿下は小さな悲鳴をあげた。

「ぜ、絶対言うな！」

「じゃあ、隠れてお兄ちゃんって呼ばせるつもりだったんですか？」

呆れ顔のルーゼリア義姉さんに向かって、モーリス殿下は叫ぶ。

「だって、怖いことになりそうじゃないか！」

怖いことってなんだろ。

モーリス殿下は、アルフォンス兄さんが苦手なのかな？

言い合いを続けているコルトフィア兄妹を見つめ、俺は小首を傾げる。

そんな俺に、レイが再び囁いてきた。

「やっぱりモテモテだな。こんなに美しいお姉ちゃんが増えるなんて、羨ましいぞ」

お姉ちゃんと共に、屈強なお兄ちゃん三人もついてくるけど？

「もし弟にしたいコンテストがあったら、フィル君一位とれるわね」

しみじみと呟くライラに、トーマとアリスも声を潜《ひそ》めて同意する。

「本当だよねぇ」

「確かにとれそう」

カイルは不安そうな顔で俺を見つめる。

「フィル様、コンテスト……出ないでくださいね？　兄や姉になりたいという希望者が増えて収《しゅう》拾《しゅう》がつかなくなりそうですから」

「……出ないよ」

コンテスト自体があるのか、そしてそういった人が増えるかもわからない。だけど、増えたら大変そうなのはわかるもん。

未だ言い合いをしているコルトフィア兄妹を見つめ、俺はため息を吐いた。

3

それから数日経ったある日。

俺はグレスハートの城下町にある、老舗《しにせ》のカフェ『エストーラ』にいた。

ここは、焼き菓子で有名なお店だ。

三代前のグレスハート王妃がこの店を贔屓《ひいき》にしていたことから、以降他の王族たちも街で休憩する際などに利用するようになった。

今日はこのカフェを貸し切って、タタル豆腐パーティーを行う予定である。

というのも実は先日、父さんに頼み込んで、収穫されたばかりの完熟タタル豆を譲ってもらったのです！

収穫した豆は本来、全て研究に使われる予定だったんだけど、予想を超えるほどの大豊作だったので、少し分けてもらえることになったのである。

多分、精霊の力で成長を促したおかげだよね。ヒスイ様々である。

学校が始まる前にタタル豆を味わってみたかったから、本当に嬉しい。

そんなわけでさっそく、タタル豆でお豆腐を作ってみた。

手作り豆腐は、豆の濃厚《のうこう》な味がして、最高に美味《おい》しかった！

木綿《もめん》豆腐は昔ながらの硬めに。絹《きぬ》ごし豆腐は口溶けなめらか。

そうやってこだわって作った豆腐は、お塩をちょっとふるだけで充分に御馳走《ごちそう》になる。

久しぶりに味わった豆腐の味に、涙が出たよ。

で、これだけ美味しいお豆腐ができたら、豆腐を使った料理を食べたくなっちゃうよね。

そして、せっかく作るんなら、他の人にも豆腐の美味しさを味わってもらいたい！

そんなわけで、タタル豆を貰って来てくれた俺のおじいさんと、カイルとアリス、レイとライラとトーマ。それから、ステア王立学校の後輩であるミゼット、レイのお母さんのナディアさん、ライラのお母さんのベリンダさん、アリスのお母さんのアリアに声をかけた。

レイたちが間もなく帰国するからその前におもてなししたかったし、ベリンダさんたちにアリアを紹介したかったんだよね。

アリアから見たら娘の友達の親御さんは、他国の伯爵夫人と大商家の夫人に当たる。

身分を考えると、自《みずか》ら二人に挨拶しにいくことは難しい。

だからこういった場を設け、親御さん同士が仲良くなるための橋渡しができたらと思ったのだ。

招待客を出迎えた俺は、席に着く前に、皆にアリアを紹介する。

「アリスのお母さんの、アリアです」

アリアはぺこりと頭を下げる。

「お初にお目にかかります。アリア・カルターニです」

顔を上げてはにかむアリアに、ナディアさんとベリンダさんは会釈《えしゃく》を返す。

「はじめまして。ナディア・ザイドです」

「はじめまして。ベリンダ・トリスタンです。あの……失礼ですが、お姉様ではなくお母様なのですか？　いえ、お母様がいらっしゃるとは聞いていたのですけれど、お若く見えるので……」

驚いた様子のベリンダさんに、ライラやトーマが同意する。

「アリアおば様、アリスのお姉様に見えるわよね」

「本当だねぇ」

レイはアリアを見つめて、感嘆の息を吐く。

「さすがアリスちゃんのお母様、可愛らしい」

確かに、アリアは童顔《どうがん》だもんね。

それに、今日の服装だと、特に姉妹に見えるかもなぁ。

アリアはいつものメイド服ではなく、アリスと合わせて若草色のワンピースを着ていた。

どうしても気になったのか、ベリンダさんはヒソヒソとアリアに問いかける。

「失礼を承知でお聞きします。……おいくつなの？」

アリアは小さく笑って「私の年齢はですね……」とベリンダさんの耳元で囁く。

「そんなに変わらない……」

ショックを受けたように言うベリンダさんを見て、ナディアさんも目を瞬かせる。

「まぁ、私たちと同じくらいなの？」

「若さの秘訣《ひけつ》を知りたいわ。最近、肌荒れとかいろいろ気になり始めちゃって」

ベリンダさんは頬に手を当ててそう言うと、深いため息を吐く。

そんなベリンダさんに、レイはウィンクした。

「ベリンダおば様はいつもお綺麗ですよ」

「まぁ、レイ君ったら。相変わらずお世辞が上手ね」

そう言いつつ嬉しそうなベリンダさんの横で、ライラが呆れた顔をする。

「レイって、息を吐くみたいに女の人を褒めるわよね」

「事実を言っているだけだ」

キリッと顔を作るレイに、皆は笑う。

そんな和《なご》やかな雰囲気を見て、俺はちょっとホッとした。

ベリンダさんもナディアさんも、アリアとも仲良くしてくれそう。

そんなことを考えていると、アリスと目が合う。

彼女は俺に向かって、口の動きだけで『ありがとう』と伝えてきた。

アリスも同じく、アリアが馴染《なじ》めるか、少し心配していたのだろう。

そう思いながら俺は、アリスに笑顔を返す。

さて、紹介も終わったことだし、そろそろパーティーを始めるとしよう。

俺は右手を挙げ、皆の視線が集まったのを確認すると、同じ手で中庭に通じる扉を指し示す。

「中庭に席をご用意いたしましたので、ご案内いたします」

カフェの中庭の屋根はガラス張りで、温室のようだ。

入り口から花壇《かだん》に挟まれたレンガの小道が続いていて、その奥に食事やお茶を楽しむためのスペースがあるのだ。

皆で小道を通っていると、ミゼットがあたりを見回しながら言う。

「いろいろな植物が植えられているんですね」

ライラとトーマも、コクコクと頷く。

「本当ね。お花のいい香りがするわ」

「外にいるみたいだよねぇ」

高祖母がこのカフェを贔屓にしていたのも、この中庭があったからだもんね。

植物に囲まれた中庭の席は、俺にとってもお気に入りの場所だ。

「タタル豆料理のパーティーか。何が出てくるか楽しみだなぁ」

ウキウキしているおじいさんに、レイはにっこり笑う。

「フィルが準備した料理ですから、見たこともない変わった豆料理だと思いますよ！」

「何⁉　そんなすごい料理が出てくるのか⁉」

おじいさんは変わったものとか、新しいものが好きなんだよねぇ。

だけど盛り上がる二人に、俺は少し慌てる。

「そこまで変わった料理でもないですよ。タタル豆の加工品を使っているので、その点にはちょっと驚くかもしれないですけど」

こちらの世界の人たちにとって馴染みのないものだとは思うけど、ノビトカゲ祭りの屋台で出た、どろどろしていて真っ黒な海藻《かいそう》スープほどのインパクトはない。

しかし、おじいさんの目はキラキラしたままだ。

「タタル豆の加工品？　ほぅ、やはり斬新《ざんしん》だな」

まずい。余計におじいさんの好奇心に火をつけてしまったようだ。

味も美味しいし、見た目も豆っぽくないから驚くと思うけど、おじいさんの期待に応えられるかなぁ。

不安を覚えつつ蔓薔薇《つるばら》でできたアーチを抜けると、中庭の中央に到着した。

そこには白いアンティークの長テーブルがあり、すでにテーブルセッティングも完了している。

控《ひか》えていたウェイターたちが、招待客をそれぞれの席に案内する。

「あれ？」

席に着こうとしていた俺は、テーブルの上を見て小首を傾げた。

「どうかしましたか？」

カイルの問いに、俺は首を傾けたまま答える。

「招待客の人数より、椅子やお皿が多いなと思って」

しかも、俺の隣の席が三つ空いているし……。

不思議に思っていると、カフェの支配人がやって来るのが見えた。

ちょうどいい。席のことを聞いてみよう。

「すみません。席の数なんですけど……」

俺の言葉に、支配人が不安げな顔になる。

「何か問題でもありましたか？　ご連絡いただいた通り、お席を増やしておきましたが……」

言われて、俺は目をパチクリとさせる。

俺は席を増やしてほしいなんて連絡、していない。

カイルやアリスに顔を向けると、二人は首を横に振った。

じゃあ、いったい誰が？

「誰から連絡が来たんですか？」

すると、支配人の後方から聞き慣れた声が聞こえる。

「私よ！」

支配人の後ろを覗き込むと、レイラ姉さんが腰に両手を当てて立っていた。

その後ろには、母さんとステラ姉さんもいる。

俺はびっくりして席を立ち、三人のところへ向かう。

「え、レイラ姉さま？　ステラ姉さまに、母さまも……。来られないんじゃなかったんですか？」

実は元々、母さんたちもパーティーに誘っていたんだよね。

ただ、母さんとレイラ姉さんは婚姻式の後処理、ステラ姉さんは明日帰国するから準備をしなければならないとのことで、欠席すると返答をもらっていた。

驚く俺に、母さんとステラ姉さんが微笑む。

「陛下が、『滅多にない機会だから』って、参加を勧めてくださったの」

「アンリ様もせっかくだから行ってらっしゃいって」

アンリ義兄《にい》さんは、ステラ姉さんの旦那さんで、ティリア王国の皇太子だ。

相変わらず、優しいんだなぁ。

そんな二人の真ん中で、レイラはにこっと笑う。

「私はどうしても来たかったから、頑張って今日の分の仕事は終わらせてきたわ！」

誇らしげなレイラ姉さんに、ステラ姉さんは困った顔で言う。

「そこは偉いと思うけれど、レイラにはフィルに事前に知らせておいてと、お願いしていましたのに……」

それを聞いて、母さんも苦笑する。

「フィルが驚いているのを見るに、伝え忘れたようね」

すると、レイラ姉さんは途端にシュンとした。

「支配人へは伝言を飛ばしたのよ。でも、バタバタしていて……忘れちゃったかも。ごめんね、フィル」

レイラ姉さんに上目遣いで謝られたら、許すしかない。

「驚きましたが、もともとご招待する予定でしたから。母さまや姉さま方の参加、歓迎いたします」

俺がにっこり笑うと、レイラ姉さんは安堵したように笑みを浮かべた。

「母さま、ステラ姉さま、レイラ姉さま。席へどうぞ」

俺はそう言って、母さんたちをテーブルへと案内する。

皆は母さんたちの登場に気づいて、すでに起立して待っていてくれた。

ライラとレイとトーマとミゼットの顔は、少し強《こわ》ばっている。

特にトーマは、背中に棒《ぼう》を入れたみたいにピンとした状態で固まっていた。

そうだよね。今日は来られないって、伝えていたんだもん。王族に会うための心構えができていなかったんだろうなぁ。

一方でナディアさんやベリンダさんは、さすがと言うべきか、落ち着いていた。

母さんたちに向かって微笑み、美しいカーテシーを見せている。

全員が着席すると、おじいさんは嬉しそうに笑った。

「来ないと聞いていたが、フィリスたちも来たんだな」

「ええ。フィルの友人や、お母様方とお話しできる、またとない機会ですもの。だけど、先ぶれもせずにごめんなさいね。驚かせてしまったでしょう?」

そう口にした母さんに続き、レイラ姉さんが申し訳なさそうに言う。

「ごめんなさい。皆さんに会えるのが嬉しくて、連絡するのを忘れてしまったの」

上目遣いで謝るレイラ姉さんに、レイは頬を紅潮《こうちょう》させる。

「いえ! お会いできて、僕たちこそ、こっこっ、ここっ、こっこんなに嬉しいことはありません!」

緊張しているんだろうか? 今にも鶏《にわとり》みたいに鳴きそう。

「ふふ、ありがとう」

微笑まれたレイは、さらに顔を赤くする。

「この前のパーティーの時に、レイラ姉さまたちに会ってないの?」

俺が不思議に思って尋ねると、レイは胸を押さえながら言う。

「両親と一緒にご挨拶はさせていただいたけど、一瞬だったから」

「時間がなくて、レイ君とはゆっくりお話しできなかったのよね」

レイラ姉さんの補足に、俺はなるほどと頷く。

招待客が多かったもんねぇ。俺だって、しっかりお話しできた人は数えるほどだ。

事情はわかった。

とは言え、レイの緊張の仕方、尋常じゃなくない？

俺はちょっと不思議に思いつつ、レイを見つめる。

「あぁ、レイラ殿下に名前を覚えていただけて、とても光栄です！」

……父さんと会った時は、こんな感じじゃなかったよね？

レイは胸を押さえたまま、深く息を吐く。

「こうして目の前に、グレスハートの女神《めがみ》とも称される美しきフィリス陛下、月のごとき麗《うるわ》しさのティリア皇太子妃ステラ殿下、この世の全ての花を集めたかのように可憐《かれん》なレイラ殿下がいらっしゃるなんて。神々《こうごう》しくまばゆい方々を前にして、僕、心臓が張り裂けそうです！」

あー……そうか。そういう理由で緊張していたのか。

まぁ、確かに母さんも姉さんも、綺麗で可愛い。国民たちがその美しさを讃《たた》えているのも、知っているが……。

よくもまぁ吟遊詩人《ぎんゆうしじん》のように、それだけスラスラと言葉を紡《つむ》ぎ出せるなぁ。感心する。

ライラとカイルは、完全に呆れた目を向けているけれども。

レイラ姉さんは小さく噴《ふ》き出し、母さんやステラ姉さんは口元を扇で隠してくすくすと笑う。

「レイ君は楽しい子なのね。フィル、改めて皆さんを紹介してくれる？」

母さんに促され、俺はコクリと頷いた。

「手前から僕の友達の、ライラ、トーマ、ミゼットです」

俺は手で示しながら、一人ずつ紹介する。

「ライラさんとトーマ君とミゼットさん、はじめまして。皆、今日はよろしくね」

ふわりと笑う母さんに、ライラたちは緊張した面持《おもも》ちでお辞儀する。

「お会いできてとても光栄です。ライラ・トリスタンです」

「よ、よろしくお願いいたします。トーマ・ボリスです」

「どうぞよろしくお願いいたします。ミゼット・レーガンと申します」

俺は次に、ナディアさんたちを手のひらで示す。

「レイのお母さまのナディア・ザイド伯爵夫人と、ライラのお母さまのベリンダ・トリスタン夫人です」

「フィリス陛下、ステラ妃殿下、レイラ殿下。再びお会いできて、光栄に存じます」

座った状態で頭を下げるナディアさんに続き、ベリンダさんも同じ姿勢でお辞儀する。

「ベリンダ・トリスタンと申します。ご尊顔《そんがん》を拝《はい》することができ、恐悦至極《きょうえつしごく》に存じます」

あまりにもベリンダさんが丁寧に挨拶するので、母さんは困った顔で言う。

「そうかしこまらないでちょうだい。私もステラたちも、フィルの家族としてここに来たの。フィルのお友達にも貴女たちにも、そう接してもらいたいわ」

「ですが……」

ベリンダさんが戸惑《とまど》っていると、母さんはさらに続ける。

「ザイド伯爵夫人もトリスタン夫人もアリアも、今日は同じ母として仲良くしてね」

「フィリス陛下と……、同じ母として……ですか？」

ナディアさんがそう呟き、アリアはおずおずと尋ねる。

「私も、よろしいのですか？」

「もちろんよ。皆、子と離れて暮らし、心配する母だもの。言わば同志だわ。今日はたくさんお話ししましょうね」

にっこりと微笑む母さんに、戸惑っていたベリンダさんたちも嬉しそうに頷いた。

「ありがとうございます。それでは、私のことはベリンダとお呼びください」

「私も、ナディアとお呼びください」

そんな二人の申し出に、母さんの表情が明るく輝く。

「いいわね。名前を呼び合うほうが、親しみが増すもの。なら、ここでは私のことをフィリスと呼んでちょうだい」

母さんに続いて、ステラ姉さんも微笑みを湛えながら言う。

「私やレイラも、名前で呼んでください」

「名前で……？　それは……」

困惑したベリンダさんたちだったが、自分たちが名前を呼ぶようお願いした手前断りきれず、『フィリス様、ステラ様、レイラ様』という呼び方をすることで納まった。

名前を呼ばれた母さんは、なんだか満足げだ。

ママ友ができて嬉しいんだな。

こうして少し皆が打ち解けたタイミングで、レイラ姉さんはレイたちに向かって尋ねる。

「ねぇ、フィルって学校でどう過ごしているの？」

「ちょっ！　レイラ姉さま！　学校でのことは僕が手紙に書いているでしょう？　今更聞かなくても……」

俺がそんな風に慌てているのを横目に、ステラ姉さんがレイに微笑む。

「私も教えて欲しいですわ。フィルの手紙に書かれていないことをあとで知って、驚くことがあるのです」

「あぁ、あるわねぇ」

母さんもそう言って、チラッと俺を見る。

「ちょこっと書き忘れたことはあったかもしれませんが、ほとんど話してます。カイルやアリスにも聞いているでしょう？」

俺が同意を求めると、カイルとアリスはコクリと頷く。

「はい、陛下にも申し上げましたが、ご報告できることは全てお伝えしています」

「ええ、お手紙に書いてある通りです」

レイラ姉さんは低く唸って、訝しげに目を細める。

「怪しいわ。そう言われると、ますます聞きたくなるわ。ねぇ？　ステラ姉様」

「そうですわね。お友達から、お話を聞いてみたいですわ」

ステラ姉さんがレイたちに微笑むと、レイは手を挙げる。

「なんでもお話しします！」

こらこら！　家族には学校でのことは内緒にしといてって、前に約束したじゃん。

俺は内心焦ってレイを見る。

しかしレイは、とぼけた顔で視線を逸《そ》らす。

視察の時に、レイのいたずらをレイのお父さんに暴露《ばくろ》したことを、根に持っているんだな？

こちらが先にばらしてしまった手前、多少はやり返されても仕方がないが、ばらされるにしてもその内容は精査《せいさ》しておきたい。

しかし、今はレイと交渉する時間もないっ！

くっ、このピンチ、どう切り抜けるべきか……。

俺がそんなことを考えていると、カフェの支配人が俺の横に立ち、身を屈めて囁く。

「フィル殿下。お料理の準備が整いました」

おぉ！　ありがたい。まさに渡りに船！

俺は支配人に合図を出し、小さく咳払いして皆を見回した。

「料理の準備ができたようです」

その言葉に、おじいさんの目が煌《きら》めく。

「おぉぉ！　ついにタタル豆料理を食べられるんだな！」

わくわくしている様子は、まるで子供のようだ。

俺はくすっと笑って、料理を運んできたウェイターたちに視線を向ける。

「ご用意したのは、タタル豆を使ったコース料理です。ぜひお楽しみください」

ウェイターたちは皆の前に、それぞれ皿を置く。

平皿の中央に丸い木綿豆腐が載っていて、その周りはレタスやトマトで彩《いろど》られている。

「タタル豆はどこだ？　見当たらないようだが？」

おじいさんは皿の中に、豆の姿を探している。

豆料理と言うから、豆の状態で出てくると思ったんだろうな。

「中央にある白いのが、タタル豆ですよ」

俺がそう教えると、お皿を観察していたおじいさんが、バッと顔を上げる。

「……何⁉　この白いのがか⁉」

驚愕《きょうがく》するおじいさんの問いに答えたのは、ウェイターと一緒にやって来たグレスハート城副料理長のネビオ・カポネだ。

「はい。そちらはタタル豆で作られております、フィル様が開発された『タタルトーフ』でございます」

俺が前世の料理を再現する際によく協力してもらっているのが、カイルやグレスハート城の料理人たち。

彼らは今回のタタル豆腐作りや、豆腐料理の試作の時も手伝ってくれている。

そのうえ、こちらのカフェで豆腐料理パーティーをすると話した時も、協力を申し出てくれたんだよね。

だから、今ここにいる副料理長だけでなく、カフェの厨房《ちゅうぼう》にも城の料理人たちがいて、調理してくれているわけだ。本当にありがたい。

「一品目は前菜、タタルトーフのサラダです。どうぞお召し上がりください」

副料理長のネビオは軽く頭を下げて、手のひらで皿を指し示してそう説明した。

「タタル……トーフ」

おじいさんは再び豆腐を見つめて、感嘆の声を漏らしている。

母さんも豆腐を興味深げに見ながら、呟く。

「白いチーズみたいね……」

ライラとアリスは驚いた様子で、フォークで刺した豆腐を見つめる。

「フォークで刺せるのね」

「ペーストのものとは違って、固まっているわ」

きつく型押しした木綿豆腐は、チーズみたいに硬くなっている。

ギュッと凝縮《ぎょうしゅく》されている分、味が濃《こ》いのが特徴だ。

素材の味を邪魔したくなかったから、オイルと塩と胡椒でシンプルな味付けにしてある。

さっそくトーマとレイは豆腐を口に運び、感激したように声を上げる。

「すごい！　豆の濃い味がする！」

「何これ、すっげぇうんまぁぁぁ」

その言葉遣いに、ナディアさんは少し焦ってレイを窘《たしな》める。

「レイ、気持ちはわかるけれど、もうちょっと言葉遣いを……」

レイは一瞬ハッと息を呑み、途端にシュンとした。

「ごめんなさい。美味しさのあまり、つい……」

レイラ姉さんはくすくすと笑う。

「それだけ美味しかったってことよね。うちのヒューバート兄様も、美味しいものを食べると、大きな声で感想を言うのよ。ね、フィル？」

レイラ姉さんの言葉に、俺は笑って頷いた。

ヒューバート兄さんも、声やリアクションが大きいんだよね。

注意されるたび反省はしているんだけど、抑えきれないみたい。

いずれお城の晩餐《ばんさん》にもタタル豆料理を出す予定だから、その時ヒューバート兄さんがどんな反応をするか楽しみだ。

「お母様、正式な場では気をつけなければならないけれど、今日はいいですわよね？」

ステラ姉さんが母さんに伺いを立てると、母さんは優しい顔で言う。

「そうね。今日は細かいマナーを気にせず、楽しく食べましょう。フィルもそのほうがいいのでしょう？」

母さんにそっと聞かれて、俺はニコッと笑った。

「はい。美味しいって素直《すなお》に喜んでくれるのは嬉しいですし、正直な感想を聞きたいです」

レイやヒューバート兄さんみたいに満面の笑顔で美味しいって感想を言ってくれると、料理を用意した側は最高に嬉しいんだよね。

「そういうわけで、自由に感想を言ってちょうだい」

「フィリス様、ありがとうございます！」

レイは女神に祈るかのようなポーズをとって、それから俺に向かってにっこり笑った。

「このタタルトーフ、豆の甘さが引き立ってすっごい美味《うま》い！」

いつも通りレイが元気に感想を言ってくれたので、俺も笑い返す。

「それは良かった」

期待値が高くなっちゃったから、驚いてくれるかちょっと心配だったけど、とても気に入ってくれたようだ。

豆腐パーティー、いいスタートがきれたかな。

俺は少しホッとして息を吐き、次の料理を持ってくるよう合図を出す。

すると、ウェイターたちが、皆の前にスープ皿を並べた。

そこにはニンジンやカブなどの数種類の野菜が入った、乳白色のクリーミーなスープが注がれている。

トーマはスープをすくって、俺に尋ねる。

「わぁ、スープだ。これはミルクスープ？　タタル豆はどこにあるの？」

「これはタタル豆の豆乳《とうにゅう》スープ。そのスープ自体が、タタル豆だよ」

「え！　このスープが豆？」

目を瞬かせるトーマに、俺はコクリと頷いた。

「うん、そう。豆乳っていうのは、すりつぶした豆を煮て、布でこして作る液体《えきたい》のこと。そのまま飲んでも美味しいんだけど、今日はそれをスープにしてみたんだ」

「へぇ。つまり、豆の絞《しぼ》り汁ってことかぁ」

トーマはそう言うと、興味深げにスープを見つめ、「ふむふむ」と頷く。

ステラ姉さんはスープをスプーンですくい、口に運んだ。

「クリーミーで美味しいです。タタル豆を潰したあと、さらに絞るとこうなるんですね。潰した豆を使ったスープは飲んだことがありますが、舌触りが全然違います」

レイラ姉さんは楽しそうに笑い、母さんは優雅に一口味わって口角をあげる。

「本当ね。少しとろみがあって、シチューみたいだわ」

「牛乳を使ったシチューにも似ているけれど、豆の風味を感じて美味しいわ。濃厚だけど、くどくなくていいわね」

「ええ、私はこちらのトウニュースープのほうが好みです」

ナディアさんはそう言って、穏やかに微笑む。

「気に入ってくれたなら、良かったです。ちなみに、豆乳に手を加えると、先ほどの豆腐になるんですよ」

そう教えると、驚いた皆がスープを飲む手を止めた。

「「え！　あのトーフに⁉」」

おじいさんは大きく目を見開き、トーマは興味津々《きょうみしんしん》な様子で俺に尋ねる。

「この液体が、あんなに硬くなるのか？」

「どうやって固まるの？」

研究者気質なトーマとしては、理由が気になるらしい。

俺は少し言葉を選びつつ、その質問に答える。

「えっとね。海水から作った液体を入れると、豆乳が固まるんだよ。外国の古い文献《ぶんけん》に、そう書いてあったんだ」

正確に言うと、温めた豆乳ににがりを入れた時、にがりに含まれる塩化マグネシウムや硫酸《りゅうさん》カルシウムが、豆乳のたんぱく質を変質させるのが凝固する理由だけど。化学反応とか、あまり詳しいことは説明できないもんなぁ。

「フィル様のお手伝いで、俺もトーフ作りに参加したんだが、本当に液体を入れただけでトウニューが固まっていくんだ。見ていて、本当に不思議だった」

まるで魔法でも見たかのようなカイルの口ぶりに、トーマとレイが羨ましそうな顔をする。

「えー！　僕もそれ見たかった」

「なんで作る時に、誘ってくれなかったんだよぉ」

頬を膨らませて拗ねるレイに、ライラは真面目な顔で言う。

「レイがその場にいたら、何かやらかしそうだからじゃない？」

言われたレイは、バッと俺のほうに顔を向ける。

「え！　そうなのか？　見学くらいなら、やらかさないって！」

俺は小さく噴き出して、首を横に振った。

「違うよ。そういう理由じゃないって。お城の厨房で作ったから、皆を招きにくくてさ」

婚姻式が終わったあとも、お城はまだ後処理などでバタバタしている状況である。

豆腐作りだって、厨房の料理人たちが忙《いそが》しくない時間を見計《みはか》らって作ったくらいだ。

俺の友達だからと言っても、そんな状況の厨房に入れるわけにはいかない。

まぁ、大丈夫だったとしても、レイの不器用さはわかってはいるので、見学していてもらうか簡単な作業をお願いするくらいしかできないだろうけどね。

「そっかぁ。お城には行けないよねぇ」

「さすがに無理か。でも、見たかったなぁ」

しょんぼりするトーマとレイに、俺は小さく笑いかける。

「機会があったら見せてあげるよ。だから今は、楽しんで食べて。次の料理も、違う加工方法だから」

俺がいたずらっぽく言うと、二人はすぐに興味を惹《ひ》かれたようだった。

「えぇ、違う加工方法？」

「それは気になるなぁ。次はどんなのだろう」

レイとトーマはわくわくと、料理を運んでくるウェイターに視線を向ける。

ただ、楽しみにしているのはレイたちだけではないようだ。

皆もどこかそわそわした様子で、次の料理が運ばれてくるのを待っている。

そんな彼らの前に出されたのは、揚げ豆腐の餡《あん》かけ。

それから白和《しらあ》えと、油揚げの甘煮の二種類の小鉢だ。

先の前菜とスープは洋風、こちらは和風である。

大豆は加工によって姿が変わる食べ物だ。そして、いろいろな国の料理に合う。

今回のコース料理を通して、その変化を楽しんでもらおうと思っているのだ。

「大きな皿に載っているのは……揚げ物か？」

おじいさんの質問に、副料理長が軽く一礼して答える。

「はい。タタルトーフを油で揚げた厚揚げという料理に、餡をかけたものです。どうぞお召し上がりください」

促されて一口食べたおじいさんは、途端に笑顔になった。

「うむ！　これも非常に美味い！　中のトーフは先ほどの前菜と同じもののようだが、揚げただけでこれだけ食感が変わるとは驚いた！」

「ふわぁ！　カリジュワで、うんまぁぁ！」

語彙力《ごいりょく》を失ったレイの感想を、ライラが的確に補う。

「本当ね！　餡がかかっていないところは表面がカリッとしていて、餡がかかっているところは味がしみてジュワッとしているわ」

ミゼットはその感想に、コクコクと頷いて同意する。

「ええ、とても美味しいです。豆料理だとは思えないです」

アリスは二種のおかずを見つめて、俺に尋ねる。

「こっちの小さなお皿に入った料理も素晴らしいわ。これもタタル豆を加工したものなのよね？」

「左側に置かれている料理は、白い衣を纏《まと》っているように見えるから、白和えっていうんだよ。豆腐を潰して味を付け、青菜《あおな》と絡めたものなんだ」

「白い衣ね。確かに、そう見えるわ」

名前の由来を聞いて納得したようで、アリスはにっこり笑った。

アリアもともと大きな目を、さらに大きく見開いて言う。

「トーフはソースのように使うこともできるんですね。甘みがあって美味しいです」

俺は微笑んで、説明を続ける。

「そして、右に置かれている料理は油揚げだよ。薄く切った豆腐を、油で揚げたもの。それを、甘く煮たんだ」

すると、それを聞いたベリンダさんが、「え!?」と声をあげた。

思わず声を発してしまったことに対して一瞬恥ずかしそうな顔をしたが、それでもやはり気になったのか、おずおずと尋ねてくる。

「こちらの厚揚げも、油で揚げたものだと仰いましたよね？　つ、つまり、豆腐の厚さを変えて揚げただけでこんなに食感が変わるんですか？」

信じられないといった様子で、油揚げと厚揚げを見比べている。

「そうなんです。食べたらわかるように、全然違うんですよ。厚揚げは表面の揚げた部分と中の豆腐を一緒に楽しめますが、油揚げは薄いので、表面の揚げた部分だけを味わえます」

「今回の料理は煮込んだ油揚げですが、試食で食べた、表面を炭《すみ》で炙《あぶ》った油揚げは食感がパリパリして美味しかったですよね」

カイルが同意を求めてきたので、俺は笑って頷いた。

油揚げを炭で炙って塩を少し振っただけのシンプルなものだったけど、すごく美味しかった。

カイルも相当気に入ったらしく、三つも食べていたっけ。

「パリパリ……いいなぁ。想像しただけで美味しそう」

レイがゴクリと喉を鳴らし、おじいさんが感心したように言う。

「食べ方もいろいろあるのか。レイ君の言う通りだ。こんなに変わった豆料理が次々と出てくるとは。フィルは本当にすごいな」

「おじい様、褒めていただきありがとうございます。でもそのお言葉をいただくのは、まだ早いです。タタル豆はまだ変化しますから」

俺の言葉におじいさんは一瞬キョトンとして、それから驚愕する。

「なんだって？　これ以上姿が変わるというのか？」

俺は満面の笑顔でこっくりと頷き、合図を出す。

するとウェイターがメイン料理を運んで来た。

「メインの料理はこちらです」

皆の前に、パンが入ったバスケットと、ハンバーグの載ったお皿が並べられる。

「おぉぉ！　白いチョップドステーキだ！」

レイが皿を見て、顔を綻ばせる。

今回のメインとして用意したのは、豆腐ハンバーグ。

こちらの世界でハンバーグは、材料を細かく叩いて成形したものを焼くことから、チョップドステーキと呼ばれている。

豆腐チャンプルーとか肉豆腐とか麻婆《マーボー》豆腐とかスンドゥブとか……それ以外にも豆腐料理は無限にあるので、メインの豆腐料理を何にしようか、それはもう悩んだ。

ただ、辛《から》いのが苦手な人もいるし、こちらの世界ではまだ再現できていない調味料もある。

味噌《みそ》さえ作れれば、こちらの世界には唐辛子《とうがらし》があるし、豆板醤《とうばんじゃん》やコチュジャンも作れるはず。

皆に食べさせるのはそれらがちゃんと作れるようになって、料理の再現度を上げてからにしたい。

それに麻婆豆腐を始めとした辛い料理には米が合うけど、まだ見つけられていないしなぁ。

その点ハンバーグなら、パンにも合う。

ソースによって味も変えられるし、どの年代にも楽しんでもらえる料理だもんね。

おじいさんがハンバーグを見つめて、俺に尋ねる。

「このチョップドステーキは白いが、これにもトーフが入っているんだよな？」

「はい。味が淡白《たんぱく》なので、ソースをかけて食べます」

俺がそう言うと、ウェイターが皆の前に、数種類の小さいソースポットを並べた。

「味を変えて楽しめるよう、いろいろなソースを用意しました」

俺の説明に、おじいさんと母さんが微笑む。

「なるほど、途中で味が変えられるというわけか」

「それなら、飽《あ》きずに食べることができるわね」

すると、ステラ姉さんが自分の目の前に置かれたソースポットに反応した。

「このソース！　スパイシーな香りがしますわ！」

普段冷静沈着《れいせいちんちゃく》なステラ姉さんには珍しく、テンションが高い。

副料理長が一礼して、説明する。

「辛いものがお好きなステラ殿下のため、フィル様がご用意したソースです。ドルガドから取り寄せたスパイスが入っております」

それを聞いて、ステラ姉さんの目が輝く。

「まぁ！　それは楽しみですわ。お母様、ドルガドのスパイスはとても美味しいんですのよ。隣国なので、ティリア王室でも時々ドルガドのスパイスを使った料理が出てくるんです」

ステラ姉さんは無邪気な笑顔で、母さんに嬉しそうにそう話した。

意外なことに、ステラ姉さんは辛い物が大好きなんだよね。

あの様子を見ると、ティリアに行ってからその辛い物好きに拍車《はくしゃ》がかかっているようだ。

反対にレイラ姉さんは、辛い物が苦手だ。

ステラ姉さん用のソースを見て、顔を引きつらせている。

「辛いソース……。刺激的な香りがするのは、そのせいなのね」

さっきまで楽しそうに食事をしていたのに……。

俺はくすっと笑って、レイラ姉さんに言った。

「大丈夫ですよ。レイラ姉さま」

「大丈夫って、何が？」

不安そうなレイラ姉さんの前に、数種類のソースが並べられる。

「レイラ姉さまのソースは、辛くないものを選んでみました」

レイラ姉さんのために用意したのは、甘みのあるトマトソース、玉ねぎソース、チーズソース。

辛いものは一つも入れていない。

「他の方も、好みに合うようにそれぞれソースを選ばせていただきました」

俺の説明を聞いて、ライラは何かを思い出したのか、突然「あ！」と声を漏らす。

「フィル君が事前に、お母様の好みを聞いてきたのはそういうこと？」

レイとミゼットもハッと息を呑んで、小さく手を挙げる。

「そうだ！　そういえば、俺もフィルに母さんの食べられないものとか聞かれた」

「私も連絡をいただきました」

俺は少し胸を張って答える。

「そう。家族や友達、アリアの好みは大体把握しているけど、ベリンダさんとナディアさん、ミゼットの好みや食べられないものとかはわからないからね」

甘いのや辛いの、さっぱりしたものやこってりしたもの、皆のデータを元にそれぞれの好みに合うよういろいろなソースを用意してみたのだ。

ちなみに、辛いソースはステラ姉さん以外にも何人分か用意したが、ステラ姉さんのソースは特別。普通の三倍にもなる激辛バージョンだ。

「じゃあ、私のソースの中に辛いものはないのね」

ホッとするレイラ姉さんに、俺はにっこり笑う。

「はい。安心してください」

「ありがとう、フィル！　本当に優しいのね。さすが私の可愛い弟だわ！」

レイラ姉さんはそう言うと手を伸ばして、俺の頭を撫でる。

気遣いが嬉しかったんだろうけど、皆の前で撫でられるのはちょっと恥ずかしい。

そして……レイの妬《ねた》ましげな視線も気になる。

「……羨ましい」

「心の声が漏れているぞ、レイ」

しっかりカイルにツッコミを入れられていた。

俺はやんわりとレイラ姉さんの手を頭からどけ、皆を見回す。

「冷めないうちに、どうぞお召し上がりください」

俺が促すと、皆は笑顔でソースに手を伸ばす。

しかし、おじいさんがふと伸ばしかけた手を止めた。

「そうだ。まずはそのままかけずに食べてみるか」

それを聞いた母さんも、手に取ったソースポットを置く。

「それもそうですわね。私もそのままの味を確かめてみますわ」

「私もそうしますわ」

「そうね。トーフが入ったチョップドステーキは、淡白な味だって言っていたけど、普通のものとどう違うのか、確かめてみたいわ」

ステラ姉さんとレイラ姉さんが言い、皆もそれに倣《なら》ってソースポットを元の位置へ戻す。

確かに、濃い味のソースもあるから、豆腐ハンバーグそのものの味を知りたいなら、その選択は正しいかもしれない。

おじいさんはワクワクした顔でナイフとフォークを手に持ち、豆腐ハンバーグを一口分切り分ける。

「どれどれ、どんな味かな？」

そんな風に言いながら、おじいさんは豆腐ハンバーグを口に運び、ゆっくりと味わうように咀《そ》嚼《しゃく》する。

「ふむ。そのままでも味わいがある。普段食べているチョップドステーキとは違う味だが、これはこれで美味いな」

「フィルが言っていた通り、あっさりしていて美味しいわ」

母さんが感嘆の息を吐き、ベリンダさんとナディアさんが頷く。

「美味しゅうございます。ソースをかけなくても充分なくらいですね」

「ええ、お肉の旨味でしょうか」

そう言って、二人は微笑みを浮かべた。

「すでに美味いのに、ソースをかけるとどうなるのか……」

レイはそう言って、とろりと玉ねぎソースをかける。

そして大きな口を開けてパクリと食べると、飛び出しそうなくらいに目を大きく見開いた。

「んんっ！」

ゆっくり咀嚼して呑み込んだレイは、満面の笑顔を俺に向ける。

「フィル！　すっげぇ美味い！」

賛辞があまりにストレートだったので、俺は思わず噴き出す。

「気に入ってくれた？」

「うんうん！　さっぱりしたソースと合う！」

「レイ、こっちのチーズソースも美味しいよ」

そんな風にトーマが勧めると、レイラ姉さんも負けじと自分のところにあるトマトソースを指した。

「こちらのトマトソースは、貴方たちのところにもある？　美味しいわよ」

すると、ライラとアリスは小さく手を挙げる。

「はい！　あります！」

「甘酸《あまず》っぱくて美味しいです」

同意を得られて、レイラ姉さんは満足げに口角をあげる。

「美味しいわよね！　この甘酸っぱさは、私の好みピッタリだわ！」

「私はやはりこの辛いソースが気に入りました。甘みもあって、とても美味しいです。癖になりそうな味ですね」

ステラ姉さんはそう口にすると、うっとりと赤いソースを見つめ、息を吐く。

旨味も感じられるように作ったから美味しいと思ってくれたなら良かった。だけどその辛味の中に、甘みまで感じるとは……。

もしかしたらステラ姉さん用のソースは、もう少し辛くしても大丈夫かもしれない。

ともあれ、皆の顔を見れば、ハンバーグもそれ以外のソースも好評だとわかる。

俺は胸を撫で下ろしつつ、皆に質問する。

「さて、このチョップドステーキにはタタル豆腐以外に、何が入っているかわかりますか？」

俺の問いに、ベリンダさんが不思議そうな顔をする。

「え、ただお肉とトーフを混ぜて焼いたってことではないのですか？」

「私もそう思っていました……」

ナディアさんも皆目わからないといった様子で首を傾げる。

この場で俺の問いに対する答えを知っているのは、カイルと副料理長のネビオだけだ。

それ以外の皆は、考え込んでいる。

やがてアリアはハンバーグを見つめ、「むむぅ」と眉を寄せながら言う。

「トーフと……玉ねぎと……お肉は入っていますよね？　ん〜、あとはなんでしょう？」

「料理はほとんどしたことないから、何が入っているのかも全然わからないわ」

レイラ姉さんもお手上げといった感じで肩をすくめる。

俺はそんな皆の様子を見て、少しもったいぶるように口を開く。

「実は、このチョップドステーキには、お肉が入っていないんですよ」

そう告げて、俺はフォークに刺したハンバーグをパクリと食べる。

「「ええっ!?」」

そんな驚きの声とともに、皆の視線が一気に俺に集まった。

それから一拍置いて、レイがグッと皿に顔を近づけて、ハンバーグを覗き込みながら叫ぶ。

「は!? いやいや、これ、絶対に肉入ってるじゃん!」

他の皆も、「肉よね?」「え? 豆なの?」とざわめいている。

その反応に、カイルとネビオは深く頷く。

「信じられないでしょうね」

「皆様のお気持ち、わかります」

カイルとネビオに試食させた時、二人ともすごく驚いていたもんね。

茹《ゆ》でた大豆を潰し、全粒粉《ぜんりゅうふん》と混ぜて、冷蔵室で半日寝かせるとできる大豆ミート。

今回作ったのは、その大豆ミートに豆腐と玉ねぎ、香辛料などを混ぜて作った、お肉ゼロのハンバーグなのだ。

「お肉を入れたチョップドステーキも、もちろん美味しいんですけど。今回はいろんな加工を施《ほどこ》したタタル豆を食べてもらいたかったので、豆をお肉風に加工しました」

俺の説明に、レイは信じられないといった顔で呟く。

「そんな……。これが豆? 嘘《うそ》だろ……」

レイはゴクリと喉を鳴らし、再度ハンバーグに齧《かじ》りつく。

皆もそれに続いて、よく味わうようにハンバーグを食べる。

「お肉っぽいけど、確かにちょっと食感が違うかしら？」

ライラは首を捻《ひね》り、おじいさんは低く唸る。

「トーフが入っているから食感が違うのかと思ったが……。いや、しかし、言われなければ、気がつかないぞ」

「僕にはお肉だとしか思えないけど……。レイはわかる？」

トーマの質問に、レイは苦悩の表情を浮かべて頭を抱える。

「わかるような、わからないような……。俺、頭が混乱してきたぁぁ」

そんな二人の様子に、俺とカイルとネビオは顔を見合わせて笑う。

食べた皆がこれだけ驚いてくれると、なんだかいたずらを大成功させた気分だ。

コースメニューをどうしようか、皆で頑張って考えた甲斐《かい》がある。

すると、おじいさんが俺に探りを入れるかのように視線を向ける。

「フィル、もしかしてデザートも何か工夫されているのか？」

その質問を聞いて、他の皆も俺のほうを見てくる。

俺に向けられた瞳《ひとみ》は、期待でいっぱいだ。

「ん～、そうですね。ご希望に添えるかはわかりませんが、今日のパーティーのテーマに沿ってはいるとは思います」

アリスが小首を傾げて尋ねてくる。

「パーティーのテーマ？」

「いろいろなタタル豆の魅力を知ってもらうっていうテーマだよ」

俺がいたずらっぽく笑うと、おじいさんは楽しそうに目を細めた。

「では、チョップドステーキを堪能《たんのう》しながら、どんなデザートが出てくるか楽しみにしようか」

4

皆がメイン料理を食べ終わる頃、お待ちかねのデザートが運ばれてきた。

まだ金属の蓋が皿に被さっているので、中身は見えないようになっている。

レイは小さく拍手してから、ウキウキした調子で言う。

「俺はプリンじゃないかと思うんだよなぁ」

「私はケーキだと思うわ」

ライラはワクワクした顔でそう言った。

アリスも、口元を押さえて笑っている。

「本当にタタル豆のデザート、楽しみね」

全員の前に皿が置かれたので合図して、蓋を取ってもらう。

すると、粉砂糖がかかったフィナンシェのクリーム添えが露わになった。

レイラ姉さんは大きな目をぱちくりとさせる。

「……意外だわ。焼き菓子ね」

俺が考案したデザートだから、もっと驚嘆《きょうたん》するようなデザートだと思っていたんだろうな。

拍子《ひょうし》抜けしたような顔をしている。

「この焼き菓子、とても美味そうだねぇ」

のほほんと言うトーマに、レイは笑う。

「うん。予想していた感じのデザートじゃなかったけど、美味しそうだ」

「こちらのカフェは、焼き菓子が有名だと聞いております。こちらがそうなのでしょうか？」

ナディアさんの質問に、母さんが小さく首を横に振る。

「いえ、こちらでいつもいただくものとは少し違うわ」

母さんは説明を求めるように、支配人を見た。

その視線を受けて、支配人は一礼してから答える。

「左様でございます。普段陛下にお召し上がりいただいている、当店の焼き菓子ではありません。フィル様のレシピを元に作らせていただきました」

俺は話を引き継ぐ。

「今まで出されたコース料理は、城の料理人さんたちに作ってもらったものです。ですがこちらのデザートに関しては、カフェのお菓子職人にお手伝いしてもらいました。そして、お察しの通り、このデザートにもタタル豆が使われているのですが――」

説明している途中で、レイラ姉さんが手を前に出してストップをかける。

「待って、フィル！　言わないで！　当てるから！」

当てる……とは言っても、皿の上にあるのはフィナンシェとクリームだけ。

シンプルであるがゆえに、選択肢は少ないから、当てる楽しみもそうないような気がするんだけど……。

でも、レイラ姉さんだけじゃなく、おじいさんやレイたちも当てたそうにしているしなぁ。

俺はクスッと笑って、手のひらでフィナンシェを指した。

「いいですよ。では、召し上がって、当ててみてください」

皆は気合を入れて、フォークを手に取った。

そして試合に挑《いど》むような真剣な眼差《まなざ》しで、フィナンシェをパクリと食べる。

途端、皆の険しい顔が甘くとろけた。

「ふわぁ、美味しいぃぃ」

「素朴な味で美味しいねぇ」

レイとトーマはそう言いながら、幸せそうに頬を緩ませる。

「クリームと合わせて食べると、違った美味しさがあるわ」

そんなアリスの言葉に、フィナンシェを堪能していたおじいさんが、突然カッと目を見開いた。

「わかったぞ！　クリームがあっさりしているから、焼き菓子の味を邪魔しないのだな。これにはトウニューが入っているものと見た！」

おじいさんは確信があるのか、俺に向かってニヤリと笑う。

すると、レイラ姉さんが異議ありとばかりに、小さく手を挙げる。

「おじい様、待って。クリームだけじゃないと思うわ。絶対にこちらの焼き菓子にもタタル豆が入っているわよ。だって、こちらがデザートの主役なんですもの」

「レイラの言うことも、一理あるわね。フィルのことだもの。レシピだけでなく、材料も特別なはずだわ」

考え込む母さんに、アリアが悩みつつも言う。

「焼き菓子に入っているとなると、トーフでしょうか？」

その推測に、皆は揃って頷いた。

皆の表情を見るに、どうやら答えがまとまったようだ。

レイラ姉さんが俺に向かって、勝ち誇った笑みを浮かべる。

「クリームにトウニューが入っていて、焼き菓子にトーフが入っている……フィル、これでどう？」

これで正解って言ったら、高笑いでもしそうだなぁ。

我が姉ながら、無邪気で可愛らしい。

思わず噴き出しそうになるのを堪え、俺は小さく咳払いをする。

「半分正解で、半分不正解です」

「「え!?」」

皆は揃って、驚愕の声を漏らした。

さっきの口ぶりからして、ほぼ間違いないだろうという確信を持っていただろうから、驚くのも無理はない。

「まず、こちらのクリームは豆乳ホイップクリームなので、正解です」

俺が微笑むと、おじいさんは満足げに顎髭《あごひげ》を撫でる。

「そして、こちらの焼き菓子には、豆腐ではなく『おから』が入っています」

「お……から?」

初めて聞く単語に、レイラ姉さんたちは目を瞬かせる。

「おからっていうのは、豆乳を作った時に残った、絞りかすです」

「えぇ!? 汁を絞ったあとも、捨てずに食材として使えるんですか!?」

ベリンダさんは驚きのあまり、零れ落ちそうなほど目を大きく見開く。

「使えますよ。栄養もありますし、美味しいんです。今回は生地の中に入れましたが、炒《い》り煮にしても美味しいですよ」

「ほほぅ、料理にも使えるのか」

感心するおじいさんに、カイルが言う。

「メニューの試作の時にいただきましたが、出汁《だし》を吸って美味しかったですよ」

カイルはおからの炒り煮をいたく気に入ったようで、炙った油揚げを食べた時と同様、何回もおかわりしていた。

ベリンダさんは呆気にとられた顔で、フィナンシェを見つめる。

「すごい。捨ててしまいそうなものが、こんなに美味しくなるなんて……」

ライラは興奮した様子で、俺に向かって言う。

「フィル君、素晴らしいわ！　先程トウニューの話を聞いた時に、汁を絞ったあとの残りはどうするのかしらって思っていたの。捨てたら、もったいないなって。それが、こんなに素晴らしいお菓子になるなんて！」

ライラはもったいない精神の持ち主で、いつも残ったものを活用したり再利用したりして、商売に活《い》かせないかと考えている。

そういった意味でおからは琴線《きんせん》に触れたのだろう。

「本当だよなぁ。残りかすだと思っていたけど、美味しく食べられるんだもんな」

レイはそう言って、最後の一口を食べる。

「ちなみに、今回はコース料理で出さなかったけど、豆腐を凍《こお》らせて乾燥させると保存食にもなるんだよ。食感は変わっちゃうんだけど、煮て食べると美味しいんだ」

「保存食にまで⁉　本当にすごい食べ物なのね！」

ライラは興味津々といった様子で、身を乗り出す。

今にも立ち上がりそうな娘を見て、ベリンダさんは眉を寄せる。

「ライラ、少し落ち着きなさい。私も叫びたいのを、グッと堪えているんだから」

ベリンダさんはそう言って、拳を強く握りしめる。

娘と同様の理由で我慢しているだなんて……さすが親子だ。

「あ！　ごめんなさい、お母様。つい、興奮しちゃって。そうよね、お母様も同じ気持ちよね」

ライラはそう言って、きちんと姿勢を正す。

それを見て小さく息を吐いたベリンダさんは、俺に向かって尋ねる。

「あの、先ほどから大変興味深いお話ばかりなのですが……。トーフや油揚げ、トウニューやオカラなど、作る工程を聞いてしまっていますよね？　よろしいのですか？　主人から、フィル様のレシピやアイデアはグレスハート王国の極秘事項に当たると伺っているのですが」

「あ、そっか。今の作り方も極秘事項？」

口元を押さえながらハッとするライラに、俺は微笑む。

「父さまから今回集まる皆さんになら話してもいいって許可はもらっているから、大丈夫だよ。他の人には内緒にして欲しいけどね」

そう言うと、ナディアさんとベリンダさんは、感動でいっぱいといった顔になる。

「マティアス国王陛下から頂いたその信頼に、心より感謝します」

「信頼を裏切ることは決してないと、商人の名にかけて誓いますわ」

頭を下げた二人を見て、母さんは微笑む。

「陛下にその言葉、伝えます」

すると、トーマとミゼットも緊張した面持ちで言う。

「お、お父さんにも言っておきます」

「私も決して言いません」

真剣な眼差しの二人に、俺は微笑む。

「ありがとう。でも、豆乳やおからはともかく、今聞いた情報だけで美味しい豆腐を作ることはできないから平気だと思うよ」

俺の言葉を、カイルとネビオが大きく頷いて肯定する。

「そうですね。俺もトーフ作りを手伝ったのでわかりますが、話を聞いた程度で同じトーフを再現できるとは思えません」

「ええ。あれは、熟練の技が必要だと思います」

美味しい大豆、美味しい水、海水を煮詰めて作ったにがり。

豆腐に必要な材料はこれだけ。

しかし、シンプルな材料だからこそ、豆腐作りは難しい。

大豆の茹で時間や温度、にがりを投入するタイミング、混ぜ方……そのうちどれか一つでもしくじれば美味しい豆腐にはならないのだ。

俺だって、知識はあれど作ったことなんかなかったから、何度失敗したことか。

そうして苦労の末できたのが、この美味しい豆腐。

出来に満足はしているけど、さらに突き詰めれば、もっと美味しくなるだろう。

それだけ、豆腐作りは繊細で奥深いのだ。

「さっき、豆乳やおからは作ることができるって言ったけど、それだって結局はタタル豆を使わないとあの味にならないからね。他の豆だと上手く作れなかったり、まったく違うものになったりしてしまうから」

俺がそう補足すると、アリスは感心した様子で息を吐く。

「すごいのね、タタル豆って」

「ほぅ、そういったことも、さっき言っていた外国の古い文献に書いてあるのか？　それはステア王立図書館にあった書物かい？」

興味深げに尋ねるおじいさんに、俺はぎこちなく笑った。

「あ……、そうです。いろいろな文献を読んだので、どの文献だったかは忘れましたが……」

実際には存在しないので、あまり深掘りはしてほしくない。

その祈りが通じたのか、おじいさんは納得した顔で頷いた。

「そうか。ステア王立図書館は、世界各国から古い巻物や文献、書物を集めていると聞く。さすが学問の国と言われるだけある」

「そのように貴重な文献があることにも驚きましたが、そこから多くを学ぶフィル様も素晴らしいですわ」

ナディアさんの言葉に、ミゼットはコクコクと頷く。

「フィル先輩は天才でありながら、とても努力される方なんですね。尊敬します！」

そう言って、キラキラした目で俺を見つめてくる。

ミゼットはどちらかといえば、感情をあまり表に出さないタイプだ。

冷たいとか無感情というわけではなく、真面目な性格ゆえに考えすぎて表情が強ばってしまうんじゃないかなと思う。

だから、こんな風にテンションの高い彼女を見るのは初めてだった。

そんなミゼットを見て、レイは「はわはわ」と言いながら口を震わせる。

「なんてことだ。ミゼットちゃんまで、フィルに尊敬の眼差しを……」

ライラは、冷たい目をレイに向ける。

「フィル君は性格もいいし可愛いし、人望もあって、料理も勉強も剣術もできるのよ？　普通に尊敬されるでしょ」

「むしろ、フィル様を尊敬しない理由がない」

カイルは胸を反《そ》らし、そうキッパリと言い切る。

……カイルが曇りなき目をしている。

二人の言葉に、ミゼットはコクリと頷く。

「はい。小さい方なのになんでもできて、私たちの同級生の中にも憧れている子は多いです」

小さいというのは、年下って意味であっているよね？　今の一年生、俺より年上だし。

それとも、やはり体格のことだろうか。ちょっと気になる。

しかし、それを尋ねる前にレイラ姉さんがもっと聞きたいというように、少し身を乗り出す。

「まぁ！　フィルって学校でも人気なのね」

ハッ！　まずい。これに関して深掘りされたら、家族に隠している学校内で目立っちゃってるエピソードとかがバレちゃうんじゃないか？

「い、いえ、普通ですよ。普通！　ははは」

笑って誤魔化す俺に、カイルは真面目な顔で言う。

「その謙虚さも尊敬に値しますよね。まさに尊敬というものを具現化した存在が、フィル様だと言っても過言ではないです」

カイル、さっきからどうした。

俺に畏敬《いけい》の念を抱いてくれているのはわかったが、言っている意味がよくわからない。

俺は苦笑いを浮かべて言う。

「他の生徒より年下だから、すごいと思ってもらえているのかもしれないけど、そんなにできた人間でもないよ。動物をもふもふしながら、のんびりダラけたいなぁっていつも思ってるもん」

それを聞いて、トーマがのほほん顔で笑う。

「ふふふ、全然ダラけてないけどね」

「うっ！」

俺は思わず、両手で心臓のあたりを押さえる。

聞いていた皆も、俺がアクティブに行動しているのを見聞きしているのか「確かに」と笑う。

のんびりしたい気持ちはずっとあるんだけどなぁ。

でも、誰かが困っていたり、頼られたりしたら放っておけないんだよね。

それに、前世にあった便利なものや美味しいものは、やはり頑張って再現したい。

苦労することは多いけど、上手くいった時の達成感は格別だし。

まぁ、際限ないから、いつになったらのんびりできるのか今の時点ではわからないけど。

そんな風に悩み始めたところで、食後の飲み物が運ばれてきた。

皆の意識が、俺の話から飲み物へと移る。

グラスには、グリーンがかった乳白色の飲み物が注がれている。

その上には白いクリームの層があって、表面には黄色と緑のパウダーで葉っぱの模様が描かれている。

飲み物の横に置かれた麦の茎は、ストローの代わりだ。

皆から視線を向けられたので、俺は小さく咳払いをする。

「これはアイス・マクリナ・タタル・ラテ。はちみつとマクリナ茶の粉末ときな粉を、豆乳に入れて混ぜ、それを冷やした飲み物です」

「やっぱり！　緑色だから、マクリナだと思った！」

レイラ姉さんは予想が当たって嬉しいのか、口角を上げる。

最近、マクリナプリンと焼き菓子を商品化したばかりなので、すぐにピンときたようだ。

「あ、でも、きなこって何？」

「きな粉は乾燥したタタル豆の粉末です。美味しいし栄養が効率的に摂れるので、入れてみました」

皆は感心した声を漏らし、期待満面の顔で飲み始める。

「んー！　甘くて美味しい！　マクリナのお茶より渋みがないわ」

目を輝かせるレイラ姉さんを見て、母さんはくすっと笑う。

「トウニューとはちみつで、まろやかになっているのね」

ライラは半分くらい飲むと、感動した様子で息を吐く。

「美味しいわ。スープに入っていたトウニューとは、全然違うのね」

「うん。甘くてすっごく美味しいねぇ」

トーマがのほほんと感想を言うと、アリスは頷く。

「ちょうどいい甘さよね。牛乳より後味がスッキリしている気がするわ」

今日のメンバーは甘いのが好きな人ばかりだから、カイル以外のタタルラテにははちみつを少し多めに入れている。

どうやら、気に入ってくれたみたい。

皆の表情を見回していると、ふとレイのところで視線が止まった。

口元にクリームで白ヒゲの輪っかを作り、空のグラスをしょんぼりと見つめている。

……愉快なヒゲをつけているのに、この世の終わりみたいな顔してるじゃん。

もう全部飲んじゃったらしい。っていうか、ストローすら使っていないじゃんか。

「レイ、おかわりいる？」

俺がそう声をかけると、レイは勢いよく顔を上げ、ニパッと笑う。

「いる！　あんまりにも美味しくて、あっという間に飲んじゃったんだ」

「わかった。用意するよ」

だからとりあえず、白ヒゲつけたままその表情はやめてくれ。笑っちゃうから。

すると、おじいさんは空のグラスを掲げて言う。

「それなら、私ももらおうかな。それから焼き菓子も……」

「お父様、いくらフィルの料理が美味しいからって、少し食べすぎではないですか？」

心配する母さんに対して、おじいさんは肩をすくめてみせる。

「滅多に食べられるものではないのだから、今日くらいはいいだろう？　なぁ、フィル」

おじいさんはそう言って、親の顔を窺う子供のように俺を見る。

俺は小さく噴き出して、頷いた。

「今日は特別ということで」

支配人に頼んで、フィナンシェとタタルラテの追加を持ってきてもらう。

ついでに、レイにもフィナンシェを追加で出してあげた。

「さすが、フィルだよな。優しい」

大喜びのレイに、カイルとライラはため息を吐く。

「フィル様は、レイに甘すぎます」

「レイのことだから、三回目のおかわりもするわよ？」

レイはタタルラテを一口飲むと、そんな二人のほうを向いて、にっこり笑った。

「大丈夫だって。薬草のマクリナが入ってるんだから、きっと消化の助けになるさ」

言われて、俺はふと思い出す。

「そういえば、マクリナって腹痛にも効くんだっけ」

本来マクリナは、薬草として使われている植物で、乾燥した葉をお湯で戻し、すり潰して薬にするのだ。

煎《せん》じた薬湯は、病気予防にいいとされている。

主には熱冷まし・咳止め・鼻水や鼻詰まりの緩和などの効能で知られているが、最近では胃腸虚弱や腹痛などの消化器官の疾患にも効くって言われているんだよね。

「そう言われると、少し気になりますね。マクリナが入っているなら、多少は薬効もあるのでしょうか」

ステラ姉さんが考え込みながら発した言葉に、俺は首を捻る。

マクリナが薬草であることは間違いないのだが、豆乳と合わせることによって、効果にどういった変化が現れるかわからない。

こっちの世界では、研究機関もないし、成分分析なんかができる機械もないからなぁ。

「粉末をそのまま入れていますし、一杯に含まれる量も多いので、効き目がありそうな気はしますが……。長期的に飲み続けた人の様子を記録し、研究してからでないとはっきりと効果があるとは言えないですね」

「こんなに美味しい薬だったら、いくらでも飲んじゃうんだけどなぁ」

レイは二杯目を飲みきって、ぷはぁっと息を吐く。

ライラの言った通り、三杯目のおかわりを要求されそう。

「タタル豆の研究がてら、一緒に調べてもらったらどうだ」

おじいさんの提案に、俺は身を乗り出す。

「え、そんなことが可能なのでしょうか？」

俺が答えを求めて母さんを見ると、母さんは優しく微笑む。

「子供にもマクリナを摂らせやすくなるのであれば、画期的ですもの。陛下もきっと調べてくださるわ」

そうだよね。マクリナ茶よりもラテは甘いから、子供も飲みやすいと思う。

「まぁ、もしマクリナの効能が薄いとしても、豆乳自体に美肌の効果もあるし。それだけでも充分だけど……」

俺の呟きが聞こえたのか、ベリンダさんとレイラ姉さんが前のめりになって尋ねてくる。

「美肌ですかっ⁉」

「それはどういうこと⁉　フィル！」

おぅ、すごく真剣な眼差し。

見れば、女性陣の目の色がさっきまでと違う気がする。

俺は目力に気圧されつつ、説明する。

「え、えっと、あの……文献に豆乳は美肌や美髪の効果があると書いてあったんです。あと、おからは食物繊維が多いので、お通じが良くなりますし、むくみ解消にも効果があります。あ、身体を作るお手伝いもしてくれるので、運動する人にも最適で……」

「身体作りに効果が!?　それは本当ですか？」

女性陣に加え、カイルの目の色も変わった。

「う……うん。ただ、毎日たくさん食べるのはダメだよ。毎日続けて摂取する場合は、豆乳なら一日一、二杯とか。バランスよく他の食事をしながら、タタル豆を使った料理を小鉢で何品か食べる、とかね」

俺がそう説明すると、ライラが真面目な顔で聞いてくる。

「これからしばらく食べられないかもしれないし、今日は多めに摂ってもいいのよね？」

「え？　あぁ、そうだね。一日くらいなら……」

頷くと、レイラ姉さんとベリンダさんとライラとカイルが、すかさず手を挙げた。

「フィル、焼き菓子とタタルのラテおかわりをちょうだい」

「私もおかわり、いただきたく存じます」

「フィル君、たっぷりめでよろしくお願いします」

「俺もお願いします！」

その勢いに、俺とトーマはビクッと体を震わせる。

……っていうか周りを見ると、彼女たち以外にもステラ姉さんや母さんまで手を挙げているじゃないか。

母さん、さっきおじいさんに食べすぎだと注意してなかったっけ。

「きょ……今日だけ特別ですよ」

美に対する興味は、どこの世界でも変わらないものなんだなぁ。


そんなこんなでタタル豆パーティーは、大成功を収めた。

デザートと飲み物のおかわりを食べたり飲んだりしつつ、おじいさんは唸る。

「う～む、今日の食事会は本当に驚かされた。タタル豆がこんなに素晴らしい食材だとは思わなかったな」

「一つの食材が、あんなに変化するなんてビックリしました。まだ違うものに変化しそうな気すらしますよ」

「それに合わせて、フィル考案のレシピも増えたりしてね」

ステラ姉さんとレイラ姉さんはそう言い合って、くすくすと笑う。

二人の推測は、あながち間違っていない。

豆腐レシピはまだまだあるし、枝豆を使ったレシピだってあるのだから。

味噌などの調味料が加われば、味のバリエーションだってもっと増えるだろうし。

それにガルボたちの研究が進めば、納豆とかもやしも作れるかも。

……納豆は慣れていない人には、ハードルが高いかな？　でも、ちょっと食べさせてみたい気もする。

俺がそんな風に皆の反応を想像しながらテーブルを見回していると、ふと、ベリンダさんが物憂《ものう》げな表情で俯いているのに気づく。

おかわりをしたものの、お腹がいっぱいになってしまった……とかかな？

「ベリンダさん、大丈夫ですか？」

俺が声をかけると、彼女はハッと顔を上げる。

「あ、すみません。ちょっと落ち込んでいまして」

「……落ち込む？」

「ええ。以前フィル様から探して欲しいとご依頼いただいた豆が、タタル豆だったってことですよね。タタル豆の存在は知っていたのに、どうして気がつかなかったのかと、自分のふがいなさを悔いているんです」

ベリンダさんは悔しそうに、きゅっと唇《くちびる》を噛む。

トリスタン商会には以前から、ライラ経由で前世にあった作物を幾つか捜索してほしいとお願いしている。

大豆もその中の一つだった。

「今は原産であるアウステル王国と交易を行っていないので、すっかり失念しておりました」

ため息を吐くベリンダさんに、俺は「いやいや」と手を横に振る。

「仕方ないですよ。僕も文献の内容のみを頼りに探していたので、作物の名前は知りませんでしたから。むしろ、特徴を上手くお伝えできなくてすみません」

前世の作物を探してもらうにも、結構説明が難しい。

こちらの世界ではどんな呼び方をしているのかわからないし、味が一緒でも作物の形状が違う場合もある。

マクリナみたいに、お茶としてではなく、薬として使っている場合もあったしなぁ。

俺のあいまいな説明でも協力してくれているトリスタン商会の方たちは、本当にありがたいのだ。

しかも、王子だと明かす前からだから、純粋に娘の友人のお願いを聞いてくれていたんだよね。

「トリスタン商会の皆さんの協力には、いつも感謝しています」

俺が改めてお礼を言うと、ベリンダさんは恐縮した様子で深く頭を下げる。

「こちらこそ、末永くよろしくお願いいたします！」

そんな母に続き、ライラもにっこり笑う。

「トリスタン商会を、これからも御贔屓に！」

店先の呼び込みかのような明るい口調に、皆は思わず噴き出してしまう。

すると、母さんがふと何かを思い出したように、ベリンダさんに尋ねる。

「そういえばさっき、今は交易を行っていないって言っていたけれど、以前はアウステル王国と取引していたの？」

「はい。現在、アウステル王国はどこの国とも交易を断《た》っておりますが、以前はうちのトリスタン商会と、ナディアの実家であるクライス商会を含め、幾つかの商会と取引を行っておりました」

ベリンダさんからチラッと視線を向けられ、ナディアさんは頷く。

「取引が終わったのは、私たちが五、六歳くらいの頃だったでしょうか。私は当時経理の勉強に注力しており、交易に関してお話しできる情報はほとんどありません。ですが、ベリンダは交易を学ぶため何度かアウステルに行ったことがあると聞いています」

「え！　そうなの？　お母様」

「へぇ、ライラと同じことやってたんだ？」

驚くライラとレイに、ベリンダさんは少し恥ずかしそうに笑う。

「ええ、ライラみたいに、商人や親について各地を回った時期があったわ。ただ、私の場合はライラほど商才がなかったし、店の経営のほうが楽しくて、夢は変わってしまったけどね」

そのまま夢が変わらなかったら、ライラが目指している女性商人になっていたかもしれないな。

そう思いつつ、俺は聞く。

「行ったことがあったから、タタル豆のことを知っていたんですね。とはいえ当時は、入国するのが大変だったんじゃないですか？　大きな船がつけられないから島へは小舟で向かうと、おじい様に聞いたんですが……」

温室でタタル豆の育成を手伝ったあと、どの書物を調べてもアウステル王国に関する情報が得られなかったので、おじいさんに話を聞いたんだ。

小さな島国のアウステル王国。

おじいさんの話によると、アウステル王国はグラント大陸の東に位置していて、島の周囲は全て断崖になっている。そのため、陸地と海の高低差がかなりあるのだとか。

グレスハートも港以外の海沿いは全て断崖になっているが、それよりも高低差があるって話だ。うちの海沿いの崖は海抜三十メートルくらいあるから、それ以上となると五十メートルとか？

それがぐるっと王国を囲っているんだから、まさに海の上の要塞《ようさい》だよね。

そのうえ、大きな船で島に近づくと、島の周りの複雑な海流に舵《かじ》をとられ、岸壁《がんぺき》に叩きつけられる可能性もあるらしい。だから、小舟でないと島に入国できないのだそうだ。

ベリンダさんもその時のことを思い出したのか、げんなりとため息を吐く。

「あぁ、子供ながらによく覚えています。入国に、とても苦労しました。自分や積荷が海に放り出されないか不安で、必死にしがみついていましたよ」

その話に、おじいさんは顎髭を触りながら、「わかる、わかる」と頷く。

「あのあたりは波が荒いからな。船旅に慣れた私も参ったくらいだ。子供だったなら、なおさら怖かっただろう」

「ええ、海の神様に祈っていました」

少しおどけてベリンダさんが肩をすくめたので、皆は笑い声を上げた。

「アウステル王国の国内は、どんな風なんですか？」

興味津々に尋ねるアリアに、ベリンダさんは笑みを向ける。

「私が訪れた頃は、農耕《のうこう》と漁業で生計を立てていました。のどかな雰囲気で、グレスハートに似ていますね」

「それならば、今も変わっていない。気のいい人ばかりだし、自給自足の生活を送っていたよ」

おじいさんはアウステル王国を訪れた時のことを思い出しているのか、楽しそうにそう話した。

国民を自国の産業で養えるほど、豊かな国なのか。

自給自足できているから、交易品を断っても大丈夫だということなのだろう。

「おじい様がアウステルでタタル豆の煮込み料理を食べたと仰っていたんですが、ベリンダさんも同じ理由でタタル豆を知っていたんですか？」

俺が尋ねると、ベリンダさんは頷く。

「現地では、タタル豆は煮込むのが主流みたいですね。食べ方もそのまま食べるか、手を加えるといってもペーストにする程度。フィル様のような使われ方はしていませんでした。それもあって、私の記憶と情報でいただいた豆とが一致しなかったわけですが……」

悔しさが再燃《さいねん》したのか、ベリンダさんは自嘲《じちょう》気味に笑う。

やはり、現地ではそういう調理が一般的なのか。

もしこの世界に大豆があったら、豆乳やおからにしているかもと思ってそういった情報まで伝えてしまっていた。

だけど、豆かペーストの状態しか見ていないなら、ベリンダさんの中で大豆とタタル豆が一致しないはずだよね。

特に幼い頃に食べただけだというのなら、なおさらだ。

「ただ、タタル豆の煮込み料理は、何種類かあったな」

そう口にするおじいさんに、ベリンダさんは「ふふ」と笑う。

「ありましたねぇ。特に美味しかったのは、魚とタタル豆と押し麦の入った、トマト煮込みでした」

「あぁ、主食みたいなやつだな？　あれは確かに美味しかった」

米の代わりに押し麦を使った、トマトリゾットみたいな感じかな？

魚介の出汁が効いていて、美味しそうだ。

「料理名はあるんですか？」

アリスが尋ねると、二人は同時に考え込む。

「それが、名前を忘れてしまったんですよねぇ。なんて料理名だったか……」

「ピ……ピィ……ピ……」

ベリンダさんは眉間《みけん》にしわを寄せ、おじいさんはヒヨコみたいに鳴いている。

ピで始まる料理のようだ。

俺たちが二人が思い出すのを待っている中、アリアがそっと口を開く。

「もしかして、ピウリ……ですか？」

その名前を聞いて、ベリンダさんとおじいさんは目を見開く。

「そうです。ピウリです！」

「おぉ！　よくわかったなぁ」

俺たちからも「おぉ」と声が漏れる。

「お母さん、どうして知っているの？」

アリスが不思議そうにアリアを見上げてそう聞くと、彼女は口元を押さえながら朗《ほが》らかに笑う。

「アリスのおばあちゃんがアウステル出身でしょう？　食べたことはないけど、そういう名前の郷《きょう》土《ど》料理《りょうり》があるって聞いたことがあるの」

俺はアリスに尋ねる。

「アウステル出身？　そうなの？」

しかし、アリスは珍しく口をポカンと開けていた。

「私のおばあちゃんって、アウステル出身なの？　ペイラル出身じゃなくて？」

アリスはびっくりした顔をしている。

え、アリスも知らなかったのか。

「おじいちゃんと結婚して、ペイラル王国に移り住んだのよ。何年か前にお話ししたはずよ。アリスが自分の召喚獣にアウステルの古い言葉を名前としてつけていたから、覚えていると思ったんだけど……」

首を傾げながらそう口にしたアリアに、アリスは頬に両手を当てながら言う。

「おばあちゃんの出身について、聞いた覚えがないかも……。召喚獣につけた名前だって、その言葉をお母さんから教わった時に、『おばあちゃんの故郷に古くから伝わる言葉よ』って言われたのだけが印象に残っていたから。てっきりペイラルの言葉だと思ってたんだけど……」

俺は、恥ずかしそうに俯くアリスを慰める。

「小さい頃の記憶って、割と当てにならないものだよね」

今から数年前ということは、アリスが四、五歳の頃の話だろう。

いろいろな情報が入ってくる年頃だから、記憶が混在してしまったんじゃないだろうか。

「アリス、おばあ様からもアウステルについて話を聞いていなかったの？」

ライラの質問に、アリスは首を縦に振る。

「ペイラルは遠いから、ここ数年はご挨拶に行けていないの。すごく小さい頃にお会いしたことはあるみたいなんだけどね」

ペイラル王国は、グラント大陸の南東にある小さな国だ。

アリスがステア王立学校に通っていたり、アリアが仕事をしていたりするので、里帰りする時間もなかったのだろう。

「アリス、ごめんね。覚えていると思っていたから……」

頭を撫でて宥める母親に、アリスはちょっと口を尖らせた。

勘違いした恥ずかしさもあるのか、ちょっと拗ねている。

本人としては不服なんだろうが、あまり見ない表情だから可愛いな。

「ちなみに、このことをお母様は知っていたんですか?」

ステラ姉さんが母さんに尋ねると、母さんは困った顔で笑う。

「言われてみればアリアの身上書に、母親がアウステル王国出身だと書かれていたわね。ただ、アリアの父親がペイラル王国の出身で、そちらのジルチア伯爵家がアリアの身分を保証してくれたことの方が印象に残っていて、私も今の今まで忘れていたわ」

アリスの身の上について聞いたことがなかったけど、しっかり後ろ盾となる貴族がいたのか。

でも考えてみれば当然か。素性《すじょう》がしっかりしていないと、さすがに王子専属の部屋付きメイドにはなれないもんね。

「父がジルチア伯爵家に勤めているんです。私も主人と結婚する前は、一時期メイドとしてそちらのお屋敷で勤めていました」

アリアはそう口にして、アリスの頭を撫でながら微笑む。

以前、旦那さんとの結婚を機にグレスハートに来たって話は聞いたことがある。

その旦那さんもアリスが幼い頃に亡くなり、今は一人でアリスを育てているのだ。

旦那さんの親戚もいないって話だったし、その中で子供を育てていくのは大変だよね。

今は二人ともグレスハート城に住み込みで働いているから、仲間もいて寂しくはなさそうだけど。

アリアがアリスの顔を覗き込みながら聞く。

「来年の冬休みは、ペイラルに行こうか？」

「ペイラルもだけど、アウステル王国にも行ってみたいなぁ」

やっぱり、自分のルーツは気になるよね。

場合によっては、母方の親戚と会える可能性だってあるし。

アリアは優しくアリスの頭を撫でる。

「そうよねぇ。もし行けるなら、私もおばあちゃんたちやアリスを連れて行ってみたいんだけど……」

残念そうに呟き、アリアは小さなため息を吐く。

「アリアは一度もアウステルに行ったことがないの？」

母さんの質問に、アリアはコクリと頷く。

「私が生まれてすぐ、国交が途絶えてしまったみたいで、行ったことがないんです」

確かアリアは三十代だったはずなので、外交をやめて三十年ちょっと経っているのか。

「どうして外交や交易が途絶えてしまったのかな？」

トーマが疑問を口にすると、ライラは腕組みして唸る。

「交易をやめるって、よっぽどよね」

確かに。こちらの世界でも政権が代わった時とか、その時の国の情勢によって、特定の国と交易を断つことはあるけど、全ての交易を取りやめるというのは、あまり聞かない話だ。

「何かきっかけがあったのかな？」

レイが答えを求めるように、ベリンダさんへ視線を向ける。

「ん〜、外の人が国の宝を盗んだとか事件があったとか、いろいろ言われていたけど、結局わからなかったのよね。急に取引を断たれて、商会の皆は困っていたわ。まぁ、アウステルとの取引はもともと少なかったから、さほど影響は出なかったけどね。でも、あの国はタタル豆を始め、固有の特産が多かったから、とても残念で……」

ベリンダさんは憂鬱《ゆううつ》な表情で、深いため息を吐く。

レイラ姉さんは小首を傾げ、おじいさんの顔を窺う。

「ねぇ、おじい様。おじい様は向こうの王様とお話ししたのでしょう？　タタル豆をいただくくらい仲良くなったのだから、これを機に緩和する可能性があるんじゃない？」

おじいさんは顎髭を触りながら、にっこりと笑った。

「うむ、そうだな。我々のことも受け入れてくれたし、交渉次第では規制がとけるかもしれない。タタル豆のお礼もかねて、近々訪れるつもりだから、その時に話してみよう」

アリスの表情が明るくなる。

「ありがとうございます。嬉しいです」

うんうん、そうだよね。いつになるかはわからないが、なるべく早く国交が回復したらいいな。

おじいさんの外交の手腕はすごいから、意外にすぐに緩和されたりして……。

そんなことを考えていると、ふとある疑問が浮かぶ。

入国禁止されていたのに、おじいさんはどうやって外交のアポをとったのか。

「それにしてもおじい様は外交や交易の規制がされていたのに、よくアウステルに入国できましたね。知り合いでもいたんですか？」

顎髭を触っていたおじいさんの動きが止まった。

「……ん？　あ、あぁ、まぁ、そんなところだ」

そう言って、おじいさんは再びにっこり笑う。

おじいさんは笑うと人懐っこさが出て、とても魅力的だ。

しかし、今の笑顔はちょっと怪しい。

何かを誤魔化しているのか……？

俺が訝しんでいると、母さんが目をスウッと細める。

笑っているようで、笑っていない目だ。

「お父様、何を隠していらっしゃるんです？」

いつも母さんは、あたたかい陽だまりみたいな声で話すんだけど……。

こ……こんなに低い声、初めて聞いたかも。

ステラ姉さんも怒ると迫力があって怖いけど、普段温和な母さんが怒ると、これほど恐ろしいのか。

「隠し事など何も――……」

おじいさんはそこで言葉を切り、観念したように息を吐いた。

「実は、その……近くの諸島を巡《めぐ》っていた時に、急に海が荒れだしてな。アウステルのほうへと流されたところを、島の漁師たちに舵取りの指示をもらって助かったんだ」

おじいさんから聞いた複雑な海流とか、船が島に近づくと危険だとかって話、実体験だったのか……。

「じゃあ、もともとアウステルに外交に行く予定ではなかったということですか？」

呆れ顔の母さんの言葉を受け、おじいさんはポリポリとこめかみのあたりを掻《か》く。

「いやぁ、すまん。フィリスが心配すると思って、言えなかったんだよ」

「おじい様、助けてもらったあと、どのような過程で入国できることになったのですか？　漁師たちに、入国を許可する権限はありませんよね？」

ステラ姉さんが尋ねると、おじいさんはにっこり笑う。

「助けてくれた漁師たちは、とても親切な男たちでな。領主に入国と、海が落ち着くまで滞在する許可をもらえるよう、申請してくれたのだ。そしてその領主と話をしているうちに、いつの間にか国王陛下と謁見する機会をもらえてなぁ。はははは」

「そこでも気に入られて、タタル豆をいただけることになった、と……」

母さんは、そんな風におじいさんの話をまとめ、大きくため息を吐いた。

仲良くなる相手が、どんどん大物になっていっているところがすごい……。

「おじい様は誰とでも仲良くなれるんですね」

俺が感心していると、カイルが何を言っているんだろうという顔で言う。

「フィル様も同じですけど」

レイたちも「同じ、同じ」と、頭を縦に振って同意する。

同じ……かな？　絶対におじいさんのほうが、仲良くなり方が豪快《ごうかい》な気がするんだけど。

とはいえそれを正面切って主張しても分が悪いのはこれまでの経験上確かなので、俺は話題を変えることにした。

「それにしても、おじい様の話を聞いていると、アウステルにはいい人たちが多いんですね。僕も行ってみたいです。ベリンダさんの言っていたタタル豆以外の固有の特産も見たいですし、タタル豆の加工品を売り出すとなったら、許可が必要になるかもしれないですから」

栽培して収穫する許可はもらっているみたいだが、商品化するとなれば別途許可取りが必要だろう。

ベリンダさんは俺の話を聞いて、サァッと顔を青ざめさせる。

「そ、そそ、そうですよね！　フィル様が考案したと言っても、タタル豆はアウステルが大事にしている作物。世界に向けて売り出すとしたら、利権問題に関わってくる可能性がありますものね！」

わたわた慌て始めるベリンダさんに、俺は頷く。

「はい。王城で育てているタタル豆は、まだまだ量が足りていませんし、商品化するとしてもまだ先の話ですけどね。とはいえ事前にアウステル王国に話を通したほうが、あとで揉《も》めなくて済むかと思うんです。まぁ、商品にせずに個人的に楽しむだけなら、問題ないのでしょうが」

俺が「ははは」と笑っていると、ベリンダさんがすごい勢いで身を乗り出してきた。

「ダメです！　タタル豆の加工品を売り出さないのは、世界の損失です！」

「え……ダ、ダメ？　世界の……損失？」

俺が気圧されていると、ライラも俺に向かって言う。

「そうよ、フィル君！　美味しいし、捨てるとこもないし、美肌効果もあるのよ。どれだけの人が救われるか！」

「タタル豆が人を救う？」

俺も好きだけど、そんな商品化されなきゃ一大事みたいに言われるとは。

だが、ライラの言葉にアリスやミゼットまでも、「そうね」「そうですね」と真剣な顔で頷いている。

「もし商品化に関してアウステルと交渉する必要がありましたら、トリスタン商会が全面的に協力いたします！」

ベリンダさんがそう力強く宣言し、ナディアさんもそれに頷く。

「ザイド伯爵家も、協力させていただきますわ」

「それはとてもありがたい申し出ですが……。まだ、何も決まっていない状態ですし……」

だから皆落ち着いてという意図を込めて、俺は両手で制止のポーズをとる。

しかし、母さんとステラ姉さんがにっこりと微笑んで、外堀りを埋めてくる。

「フィル、何事も事前の準備が必要なのよ。私もタタル豆の商品化の必要性について、陛下にお話しするわ」

「ティリア王国からの後押しが必要であれば、遠慮なく言ってくださいね」

「頑張って商品化しましょうね！」

レイラ姉さんもそう言うと、小さくガッツポーズを作った。

そんな女性陣たちの情熱に、おじいさんやトーマは呆気にとられている。

「はぁ……すごいものだなぁ」

「本当ですねぇ」

レイは三杯目のタタルラテを飲みながら、のんびり口調で言う。

「女性はいくつになっても、美を追い求めるものなんだよ。ちなみに、俺は商品化してもらったら、タタル豆の商品をたくさん食べられるから嬉しい」

くっ！　他人事《ひとごと》みたいに言ってくれちゃって。俺はプレッシャーに押しつぶされそうなのに！

だって、もしアウステルと交渉決裂して、商品化できなくなったらどうなる？

もう、想像するだけで怖い。

俺が唸っていると、カイルが「フィル様」と声をかけてきた。

「俺にはできることは少ないですが、精一杯お支えします」

「……ありがとう、カイル」

優しい言葉に、心が安らいだ……のも束の間。

「だから、商品化頑張りましょう！」

そうだ。……カイルもタタル商品化組だったんだ。

5

今日はレイ家族とライラ家族、トーマ親子とミゼットが、グレスハートを出国する日だ。

お見送りをするため、俺とカイルとアリス、アルフォンス兄さんとルーゼリア義姉さんは、グレスハート港にある待合所を訪れていた。

この待合所は、船が出向するまでの間、待機できる施設だ。

一般の人が使う広い待合室の他に貴族や団体が使う個室が幾つかあって、俺たちはその一室にいる。

ついに皆帰っちゃうのかぁ。

レイとナディアさんとミゼットは、ライラの家族と一緒にトリスタン家の船でカレニアに向かうと聞いている。

トーマとお父さんのロブさんは、トリスタン家の商船でクーベル国に送ってもらうらしい。

当初ロブさんは恐縮して、来た時と同様に荷車で山を越える予定だったみたいだけど、ベリンダさんに強く止められ、船で帰ることにしたみたい。

時間もかかるし、何より慣れているとはいえ山越えは危険で大変だもんね。

それから、レイのお父さんのアミルさんは、家族と別れてザイド家の船でルワインドに帰るという。

父親に反抗していたレイがようやく会話をしてくれるようになったので、アミルさんとしては家族と離れたくないみたいだけどね。

「もうそろそろ乗船の時間だな」

カイルの言葉に、レイは大きなため息を吐く。

「あぁ、もうグレスハートを出なきゃなのかぁ」

ライラも肩を落とし、残念そうに呟く。

「結構長く滞在していたのに、なんだかあっという間だったわよねぇ」

ガックリしている二人を横目に、トーマとミゼットは微笑む。

「今回の冬休みはいろいろあったけど、楽しかったよねぇ」

「皆さんのおかげでたくさん思い出ができました」

「案内していないところもたくさんあるし、また遊びにおいでよ」

俺がにっこり笑ってそう言うと、トーマとレイが手を挙げる。

「僕、動物探索に行きたい！」

「俺は食い倒れしたい！」

「トーマはいいとして、レイは今回も散々しただろ」

呆れるカイルに、レイは口を尖らせながら言う。

「今回は今回、次回は次回だ。グレスハートのことだから、その頃はまた新作が出てるだろ」

その言葉を聞いた途端、ライラがガックリと首を垂れた。

「新作……新商品……。あぁぁ、まだ帰りたくないぃ。もう少し滞在期間を延ばして、市場巡りしたいぃぃ」

どんよりと嘆く様子に、俺もカイルもアリスも呆気にとられる。

「まだ市場を見足りないの？」

「毎日のように市場に行っていただろう」

「ライラ、買い物もいっぱいしていたでしょ？」

すると、ライラは恨めしげに俺を睨んだ。

「だって、どんどん新しい商品が店頭に並ぶんだもん！　私が帰ったあとも、新商品を出すんでしょ⁉」

新商品が出るのは、俺の仕業だと思っているのか。

いや、まぁ、間違いとも言えないんだけど。

俺はポリポリとこめかみあたりを掻いて、困り顔で笑う。

「仕方なかったんだよ。事前に用意していた婚姻式の関連商品が、全部売れちゃってさ。準備中の新商品を、先行して出すことになったんだ」

婚姻式期間は、ウェディング系のグッズと、グレスハートとコルトフィアの二国を結びつけるようなグッズが店頭に並んでいた。

あとひと月はそれで乗り切ろうと思っていたのだが、予想外に売れたせいで、在庫がなくなってしまったのだ。

結果、観光客が多く来るこの時期に売るものがないのはもったいないからと、もう少しあとに売ろうと思っていたアルフォンス兄さんとルーゼリア義姉さんのグッズを出すことにした。

「新商品ってこれですよね。二人が揃った絵姿も素敵でしたが、こちらの新商品に描かれた可愛いお二人も良いです。私、思わず買ってしまいました」

ミゼットが取り出したのは、小さなお財布《さいふ》だ。

そこには、デフォルメされた二頭身のアルフォンス兄さんとルーゼリア義姉さんが並んで描かれている。

いわゆるキャラクターグッズだ。

ノビトカゲちゃんのキャラクターグッズが好評だったので、こういったキャラもののほうが国内外に広がりやすいのではないかと、父さんやアルフォンス兄さんに提案したのである。

「とても可愛いわよね。私も買っちゃったわ」

アリスもそう言って、ポケットからお財布を取り出す。

ついさっきまで嘆いていたライラも、バッと同じデザインのお財布を取り出した。

「私ももちろん買ったわ！　この財布はお買い得よね！　革はノビトカゲの皮で、汚れにくいし撥《はっ》水《すい》に優《すぐ》れているの。そして、何よりもこの可愛い絵！　他国で王族をこんな風に描くことはないから、とても珍しいのよ」

さっきまで俺を恨めしげに見ていたのに、切り替えてセールスポイントを話すところがライラらしい。

ライラが言うように、他国では王族をキャラクター商品にするなんて、おそらくやらないと思う。

他国にある王族グッズの多くは、絵やお皿、横顔を刻印した記念コインとか。そのどれもが写実的に王族が描かれている。

「こうやって可愛く描くのは、王族の威厳が損なわれるって思われがちだよね。その点、うちの場合は――」

俺が話している最中に、アルフォンス兄さんとルーゼリア義姉さんが来て、両隣に立った。

先ほどまで、レイやライラやトーマのお父さんたちと話していたが、どうやら話が終わったらしい。

アルフォンス兄さんは俺の肩を抱き、俺が言おうと思っていた言葉を引き継ぐ。

「グレスハート王家の場合は、親しみやすさを大事にしているからね」

そう言って、アルフォンス兄さんは皆に向かってにっこりと笑う。

「ちなみに私たちだけでなく、両陛下や弟や妹たちの絵が入った商品もあるんだよ」

それを聞いて、俺はバッと兄を見上げる。

「え!?　それは初めて知りました」

「可愛かったから、作りたくなっちゃってね」

アルフォンス兄さんは、いたずらっぽく笑う。

いつの間にグッズの展開を拡大していたんだ……。

「今朝はまだ店頭にありませんでしたが、これから販売されるのですか？」

悲しそうにそう聞いたライラに、アルフォンス兄さんは小さな四つの写真立てを取り出して渡す。

さらに、レイとトーマとミゼットにも同じものを配った。

今、懐から出したよね？　小さいとはいっても、写真立ては厚みがあるのにどこに隠せるスペースがあったのか。

華麗なマジックの種も気になったが、それより今は写真立てのほうだ。

そこには、アルフォンス兄さんたちと同様に、キャラクター化されたグレスハート一家が描かれていた。

「わ！　可愛いぃ」

絵を見たライラはそんな風に声を上げたが、レイは手で口を押さえて笑いを堪えている。

「ぶっくく、フィル……変装してる時の姿じゃん」

……本当だ。変装中の格好だ。

今日は馬車に乗って専用口からこの部屋に来たので、比較的シンプルな服を着ている。

ただ公務の時は、普段着ている格好とは異なる派手な印象の服に身を包んでいた。

学校へは平民のフィル・テイラとして通っているので、学校の人が公務中の俺を見かけても、後々誤魔化せるように変装しているのだ。

キャラとして描かれているのは、変装時の格好、つまり眼鏡をかけてフリルとリボンたっぷりな服を着ている俺の姿だった。

その他のキャラクターに比べて、一人だけ突出して派手である。

これ……末っ子だけ痛い奴だって思われないかな？

俺の普段の印象とかけ離れているから、身分を隠すっていう意味ではいいんだけどさ。

なんとも言えない気持ちになっていると、カイルとアリスがじーっと写真立てを凝視しているのに気づいた。

どうしたのかと思っていると、二人は真剣な顔でアルフォンス兄さんを見上げる。

「アルフォンス様、フィル様単独の商品を出すご予定はございますか？」

「公務フィル様も可愛いですが、普段着フィル様が描かれた商品はありませんか？」

二人とも、俺のグッズが欲しいの？

いやいや、次代の国王であるアルフォンス兄さんならいざ知らず、三男末っ子な俺単独のグッズなんて作るわけない……よね？

俺がチラッと見ると、アルフォンス兄さんがにっこり笑う。

「もちろんあるよ」

三男単独グッズ、あるんかいっ！

「一般に販売するのは公務姿フィルで、普段着フィルは事情を知っている人にしか渡せないけどね」

「私は妻の特権として、アルフォンス様から先んじていただきました！」

ルーゼリア義姉さんは、得意げに懐から取り出したカードを見せる。

そこにはキャラクター化された、普段着バージョンの俺がいた。

ルーゼリア義姉さん、妻の特権をそんなことに使っていいのか……。

「公務フィル様も可愛かったですが、普段着のほうがもっと可愛いですね」

アリスがうっとりと息を吐き、カイルとライラはコクコクと頷く。

「素晴らしいですね」

「いいですね。集めたくなります！」

それを聞いて、アルフォンス兄さんはふと真顔になる。

「集める……か。それいいね。いろんなフィルのカードを作ったら、きっと可愛――」

「アルフォンス兄さま、作っちゃダメですよ」

俺は喰い気味に止めた。

トレーディングカードみたいに、色んなバージョンを作られるなんて、恥ずかしくてたまらない。

「どうしても？」

捨て猫のように潤んだ目を向けられても、こればっかりは許可できない。

「父さまにバレたら、通常版も販売停止させられますよ？」

それは困ると思ったらしく、アルフォンス兄さんとカイルたちは悲しそうにため息を吐いた。

そんな一連の会話を見て、レイが俺にこそっと囁く。

「なんか……愛される弟も大変なんだな」

俺は無言でコクリと頷いた。

そこへ、皆のお父さんやお母さんたちが、わいわい話しながらやって来る。

「そろそろ乗船するよ、トーマ」

のんびり口調でそう口にしながら、トーマの元にやって来たのは、ロブさんだ。

彼は俺の前に立つと、深々とお辞儀をした。

「フィル殿下、トーマがいろいろお世話になりました」

「こちらこそ。またいらしてください」

それに続き、レイの両親のアミルさんとナディアさんも一礼する。

「フィル殿下には、いろいろとお世話になりました」

「お会いできて嬉しかったです。レイとこれからも仲良くしてあげてくださいね」

俺はそんな二人に笑顔を返す。

「はい。僕もお二人にお会いできて良かったです」

続いてやって来たライラのお父さんのユセフさんは一礼したあと、ニコッと笑ってから俺の手をぎゅっと握る。

「フィル殿下、またお会いできる日を楽しみにしております！　タタル豆の交渉の件はお任せください」

「は、はい。よろしくお願いします」

食事会のあと、コース料理のおかずを詰めたお弁当を、ユセフさんとアミルさんとロブさんへのお土産として持って帰ってもらった。

さらに、宿に戻ったライラとベリンダさん、レイとナディアさんは、タタル豆の素晴らしさについて、それぞれ強く語ったそうだ。

美味しいだけではないタタル豆の可能性に感動したユセフさんとアミルさんは、その日のうちにおじいさんが住まう邸宅へ赴いた。そして、タタル豆商品化の交渉をする時は、トリスタン商会やザイド伯爵家も協力すると契約書を交わしたらしい。

すでにベリンダさんやナディアさんからも口頭で協力すると言われていたが、契約書を結んだことで、約束はより強いものになった。

父さんも『トリスタンやザイドに協力してもらえるのは、とても心強い』と言っていた。

ユセフさんから少し遅れてやって来たベリンダさんも一礼して、俺に微笑む。

「引き続きお探しの品を見つけますね。他にも何か珍しい品が見つかりましたら、お知らせしますわ」

「ありがとうございます。どうぞよろしくお願いします」

トリスタン商会が協力してくれたら、また何か面白いものが見つかるかもしれないなぁ。

こうして親御さんたちとの挨拶が済んだタイミングで、俺の隣にいたアルフォンス兄さんとルーゼリア義姉さんが、皆に向かって微笑む。

「グレスハートにまたいらしてください。我々は、いつでも歓迎いたします」

「旅の無事をお祈りしております」

グレスハートを発《た》つ皆は、その言葉に対してお辞儀する。

「レイとライラとトーマとミゼットはまた学校でね」

俺とアリスとカイルが手を振ると、レイたちは笑顔で頷いた。


レイたちを見送ったあと。

城に戻ると言うアリスと別れ、俺とカイルとアルフォンス兄さんとルーゼリア義姉さんは、馬車に乗って王族用の宿泊施設へ向かった。

先日はコルトフィアの三兄弟に会いに行ったけれど、今日はステア王国のセオドア殿下と会う約束をしているのだ。

セオドア・デュラント殿下は、現ステア王国女王直系の孫。

俺の学校の一学年上の先輩である、ライオネル・デュラント先輩の一番上のお兄さんだ。

さらに、ステア王立学校に通っていた時代のアルフォンス兄さんの後輩であり、ルーゼリア義姉さんの同級生でもある。

アルフォンス兄さんたちの学生時代のお話をしてくれるっていうから、今日を楽しみにしていたんだよね。

でも、果たしてこのメンバーで行って平気なのかな？

俺は馬車を降りて、後ろからついてくるアルフォンス兄さんたちを振り返る。

「あの……アルフォンス兄さまたちも一緒で大丈夫でしょうか？」

カイルは従者としてついてきているから問題ないにしても、今日はアルフォンス兄さん夫婦は呼ばれていないのだ。

俺の問いに、二人はにっこりと笑う。

「大丈夫だよ」

「問題ありません」

本当かなぁ。本人たちが目の前にいると、セオドア殿下だって二人の学生時代の話をしにくいのではないだろうか。

まぁ、アルフォンス兄さんたちは、それが目的なんだろうけど。

というのも、二人は俺が思っている自分のイメージを、崩されたくないらしいんだよね。

別にどんなアルフォンス兄さんやルーゼリア義姉さんのエピソードを聞いても、平気だけどな。

それとも、そんなに知られたらまずい秘密でもあるのだろうか。

今日のミッションは、学生時代の話をさせまいとする二人を抑えながら、セオドア殿下から昔話をゲットすることだな。

そう心に決めて、ホテルへと入る。

スタッフに案内されて中に入ると、中庭のテラス席には、すでにセオドア殿下が座っていた。

セオドア殿下は俺に気がついて立ち上がり、笑顔で手を挙げる。

だが、俺のすぐ後ろにアルフォンス兄さんとルーゼリア義姉さんの姿を見つけると、真顔でスッと手を下ろした。

やっぱり来たかって顔をしている。

「こんにちは、セオドア殿下。ご招待ありがとうございます」

俺がぺこりと頭を下げると、セオドア殿下は微笑みつつ、明るい声で言う。

「ようこそおいでくださいました、フィル殿下」

それから、アルフォンス兄さんたちに視線を向けて、声のトーンを落とす。

「そしてアルフォンス先輩とルーゼリアも」

そんなセオドア殿下に、アルフォンス兄さんとルーゼリア義姉さんがニコッと笑う。

「ご招待ありがとう。セオドア」

「招待ありがとうございます。セオドア」

二人の朗らかな笑顔に、セオドア殿下はため息を吐く。

「お二人は招待していなかったんですけど。……本当にいらっしゃったんですね」

「前に来るって言ったでしょう？」

不思議そうな顔で、ルーゼリア義姉さんは首を傾げる。

「言っていたけど、本当に来るとは思わなかったよ。婚姻式の後処理と、増えた観光客や婚姻式後にいらした賓客《ひんきゃく》の対応で忙しいって聞いたからね」

そうなんだよね。今グレスハートには、空前の観光ブームが来ている。

婚姻式の時期に来ていた人たちが帰国し、その人たちの口コミで新しい共同浴場や宿泊施設、劇場の情報が広がったようなのだ。

入港する船の便を増やしたお陰で、今のところなんとかなってはいるんだけど、それでも予想を遥《はる》かに超える反響である。

浴場や宿泊施設といった観光施設に関することは俺とアルフォンス兄さん二人で担当していたのだが、もうすぐ俺が学校に戻るため、今はアルフォンス兄さんが一人で担《にな》っている。

国にいる間だけでも手伝おうかと申し出たんだけど、婚姻式の準備を頑張ってくれたから、あとはゆっくりしていてと言われてしまった。

多分、レイたちと遊ぶ時間が作れるよう、気遣ってくれたんだよね。

「お仕事は大丈夫なんですか？　アルフォンス先輩」

セオドア殿下が心配して尋ねると、アルフォンス兄さんは穏やかに微笑む。

「うん、大丈夫。急ぎで対処するものは全て終わらせてきたし、お客様に会う予定は、午後に回したから」

セオドア殿下は呆気にとられた顔で、アルフォンス兄さんの後ろに視線を向ける。

そこには、アルフォンス兄さんの近衛兵であるリックとエリオット、ルーゼリア義姉さんの近衛兵であるリアナさん、そしてカイルが控えている。

「リック先輩、エリオット先輩。本当に、終わらせてきているんですか？」

疑わしげなセオドア殿下に、エリオットとリックがコクリと頷く。

「しっかり終わらせてきています。かなりの量がありましたので、私も今日までに終わらせることができるか不安だったんですけどね。杞憂《きゆう》でした」

「フィル様が関わると、アルフォンス殿下はすごい力を発揮されるんですよ。積み上がった書類をあっという間に処理なさる様子は、見ていて圧倒されました」

なんでもないことのように、二人は語った。

近くでアルフォンス兄さんのブラコンパワーを見せられてきた二人からすれば、よくある光景のようだ。

「可愛い弟のためなら、なんでもできちゃうんだよ」

少し照れた顔をして、アルフォンス兄さんは俺の頭を撫でる。

「こういう旦那様って、新婚の奥様的にはどうなの？」

セオドア殿下は呆れ顔で、ルーゼリア義姉さんに尋ねた。

その問いに、ルーゼリア義姉さんはガッツポーズを作って答える。

「私もフィル様と仲良くなるため、アルフォンス様を見習いたいと思います！」

セオドア殿下は二人から俺に視線を移し、真顔で尋ねる。

「時々、愛が重いと感じませんか？」

「いつもこうなんで……ははは」

俺がそう言って笑うと、セオドア殿下は少し気の毒そうな顔をして、それからアルフォンス兄さんたちに席を示した。

「わかりました。どうぞお座りください」

アルフォンス兄さんが椅子を引いて、ルーゼリア義姉さんを三つ並んだ席のうち一番左の席に座らせている。

俺は右の席に座ろうかな。

アルフォンス兄さんだって、ルーゼリア義姉さんの隣に座りたいだろうし。

そう思って椅子に手をかけたんだけど、アルフォンス兄さんに止められた。

「フィルはこっちだよ」

そう言って、アルフォンス兄さんは真ん中の椅子を引く。

「フィル様、お隣にどうぞ！」

ルーゼリア義姉さんも笑顔で勧めてくるので、断るに断れず、仕方なしに座ることになってしまった。

目の前にはセオドア殿下がいて、アルフォンス兄さんとルーゼリア義姉さんに挟まれた形になる。

なんか……学校の保護者面談みたい。

一対三の構図に、正面のセオドア殿下はチベットスナギツネみたいな目をしていた。

うちの兄夫婦が、本当に申し訳ない。

少しして、お茶とケーキが、俺たちの前に並べられた。

グレスハート産のブドウやオレンジなどがたくさん盛られたケーキは、こちらのホテルの一推しだ。

生クリームがあっさりしているので、フルーツ盛りだくさんなのにぺろりと食べられるのだ。

俺は生クリームが溶けきらぬうちにと、パクリと一口頬張る。

ほどよい甘さに表情筋を緩めていると、セオドア殿下は俺に向かってにっこり笑った。

「フィル殿下とこうしてお話しできて嬉しいです」

「僕も嬉しいです。あ、僕に敬語を使う必要はありませんよ。セオドア殿下と僕は、ステア王立学校の先輩と後輩でもあるのですから」

俺がそう返すと、セオドア殿下は嬉しそうに言う。

「そっか、フィル殿下は僕の後輩なんですよね」

すると、アルフォンス兄さんとルーゼリア義姉さんがそれぞれ自らを指さしながら言う。

「私の可愛い後輩でもある」

「私の後輩ということでもありますね」

対抗してくる二人を見て、セオドア殿下は呆れる。

「お二人は兄と義理の姉なんですから、張り合ってこないでくださいよ。では、フィル君。気楽に話させてもらうね」

気さくな笑顔に、俺はコクリと頷く。

やわらかな雰囲気のおかげか、とても話しやすいんだよなぁ。

「それにしても、ルーゼリア。先日も思ったが、完全に溺愛組の一員になっているな」

セオドア殿下の指摘に、ルーゼリア義姉さんは俺の頭を撫でながら言う。

「アルフォンス様に言われたからではないですよ。なんで兄たちがあんなにも私をかまってくるのか謎でしたが、新しい弟や妹ができてその可愛さがわかったのです。特にフィル様は、本当に可愛い！」

頭を撫でる力が強くなり、俺の頭がぐらぐらと左右に揺れる。

「ルーゼリア様、それ以上強くしたらフィル様の頭がもげますよ」

後ろに控えていたリアナさんが、冷静に止める。

「ハッ！　ごめんなさい!!」

慌てるルーゼリア義姉さんに、アルフォンス兄さんは小さく笑う。

「ふふ、ルーちゃんの可愛がり方は、お義兄さんたち譲りだからなぁ」

コルトフィア三兄弟は屈強だもんね。ルーゼリア義姉さん自身も武闘派《ぶとうは》だし。

タイプとしては、ヒューバート兄さんやマクベアー先輩の可愛がり方と似ている。

ルーゼリア義姉さんは、心配そうに俺の顔を覗き込んでくる。

「フィル様、もげてませんか？」

もげていたら一大事である。

「す、少し目がまわったけど、大丈夫です」

俺が笑うのを見て、セオドア殿下は真剣な顔で言う。

「フィル君、我慢しちゃダメだよ。ちゃんと拒まないと、ルーゼリアは力加減を学ばないから」

「こ、これからは、ちゃんと気をつけるってば！」

ルーゼリア義姉さんはそう言い返すけど、セオドア殿下は「どうかなぁ」と疑わしげだ。

そんな二人を見ると、レイとライラを思い出す。

「お二人って仲いいんですね」

俺の言葉に、二人はバッとこちらを見て、同時に言う。

「「全然っ！」」

息ぴったりじゃん。

二人は互いに顔を見合わせ、言葉が揃ってしまったことにクッと悔しそうな顔をする。

しかし、セオドア殿下は口元に拳を添え、切り替えるように一つ咳払いをした。

「まぁ他の同級生より、話す機会は多かったと思うよ。でも、仲がいいのとはちょっと違うんだ」

ルーゼリア義姉さんも、真面目な顔でそれを肯定する。

「そうです。決して仲が良いというわけではありません。どちらかといえば、アルフォンス様を取り合う仲です」

「取り合……え？」

俺が聞き返すと、セオドア殿下は「いやいやいや」と手を横に振る。

「ルーゼリア、誤解を招くような言い方をするな。違うからね、フィル君。前に会った時、僕がアルフォンス先輩と一緒のクラブに所属していたってこと、話したでしょう？　ルーゼリアが度々アルフォンス先輩に試合を挑んで、クラブ活動の邪魔をしてくるから、僕が止めに入っていただけなんだよ」

あぁ、前にリアナさんからも聞いたことがあるな。

当時、アルフォンス兄さんは学問も剣術も工作も編み物《あ もの》もなんでもできる、まさにパーフェクトな生徒だったそうなのだ。

ルーゼリア義姉さんはそれを聞きつけ、あらゆるジャンルの戦いを挑みにいったらしいんだよね。

そうやって競い合っているうちに、お互いをいいなと思うようになったそうだ。

その結果こうして結婚に至っているわけだから、人生どうなるかわからないよねぇ。

アルフォンス兄さんは当時を懐かしむように遠い目をしながら、微笑む。

「最初のうちは止めていたのに、結局セオドアが試合の審判をすることになったんだよね」

当時のことを思い出したのか、リックは小さく噴き出す。

「そうでしたね。『試合に満足したらさっさと帰れよ』ってセオドア殿下が言っていらして……」

楽しそうに思い出を語る二人とは対照的に、セオドア殿下はげんなりとした口調で言う。

「仕方ないじゃないですか。ルーゼリアを止めて、そのまま言い合いをしているよりも、試合させたほうが手っ取り早いって気づいたんですよ」

なかなかに苦労したらしい。

「ずっとセオドア殿下が審判していたんですか？」

俺の質問には、エリオットとリアナさんが答えてくれる。

「我々やリアナが審判を受け持つこともあったんですが、結局はほとんどセオドア殿下が受け持ってくださいましたね」

「適任だったんですよね。剣術のようにはっきり勝敗がわかる勝負ならともかく、美的センスが問われる試合は、無意識に主人に有利になってしまうよう判定してしまう可能性もありますから」

その言葉に、アルフォンス兄さんとルーゼリア義姉さんはコクリと頷く。

「セオドアは私情にとらわれず、公平な判断ができる人だからね。芸術面の才能にも恵《めぐ》まれているし」

「私もセオドアの公平さと審美眼《しんびがん》は、評価しています」

それを聞いて、セオドア殿下は小さく肩をすくめる。

「審美眼って言っても、僕以外でも判定を間違えることはなかったと思いますよ。特にアルフォンス先輩の画力は段違いでしたからね。フィル君はアルフォンス先輩の絵を見たことがある？」

セオドア殿下の問いに俺が答える前に、アルフォンス兄さんが困った顔で言う。

「私の絵は趣味《しゅみ》みたいなものだから。フィルに見せられるほどのレベルじゃないよ」

そう笑うアルフォンス兄さんに、俺は首を横に振った。

「いえ、アルフォンス兄さまの絵なら見たことありますよ」

言った途端、アルフォンス兄さんがバッとこちらを見る。

「え!?　いつ？　どこで？　どの絵？」

珍しく少し焦った様子のアルフォンス兄さんに、俺は戸惑う。

なんでこんなに驚いているんだろう。

「えっと、ルーゼリア義姉さまの絵です。今回婚礼衣装のヴェールを手掛けたイルフォードさんと一緒に素材探しをした時、見せてもらいました」

「あ、あー……あれか」

予想していたのとは違う答えだったのか、言葉とともに小さく息を漏らす。

「ヴェールを制作するのに、ルーゼリア義姉さまのイメージが伝わるよう描かれたんですよね？本当に上手でした。レイたちも褒めていましたよ。ね、カイル？」

俺が同意を求めると、カイルはコクリと頷いた。

「はい。本当に素晴らしかったです。誰が描いたのかを知る前に、ライラは宮廷画家《きゅうていがか》が描いたのかと勘違いしていました」

「ルーゼリア義姉さまにそっくりなだけじゃなく、凛《りん》とした内面も伝わるとても素晴らしい絵でした」

俺がそう言って微笑むと、ルーゼリア義姉さんは照れた様子で頬に手を添える。

「えへへ、フィル様が私の絵を褒めてくれた」

「ルーゼリア様、褒められたのはアルフォンス殿下の画力ですよ」

リアナさんが冷静に訂正していたが、ルーゼリア義姉さんには届いていないようで、にこにこしている。

セオドア殿下は腕組みして、コクコクと頷く。

「そうだよね。誰が見ても、アルフォンス先輩の絵はすごいってわかるよね。僕も初めて見た時は、衝撃を受けたよ。まるで絵の中に、その人がいるかのような絵を描くんだ。あ、じゃあ、フィル君はアルフォンス先輩が学生の時に描かれた絵を見たことある？」

「学生の時のものは、見たことがないかもしれません」

俺と遊ぶ時、コクヨウやホタルの絵を描いてくれたことならあるけど。

「見ていないの？　あの時期に描いていた絵って、ほとんど幼い時のフィ――もがっ！」

突然、セオドア殿下の言葉が遮《さえぎ》られた。

フッと伸びてきた手が、セオドア殿下の口の中に何かを押し込んだのだ。

な、何ごとっ⁉

見れば、隣にいたアルフォンス兄さんが腕を伸ばし、フォークに刺したブドウをセオドア殿下に食べさせている。

すごい！　全然、動いた音がしなかったんだけど！

あ、いや、どんなに親しい間柄でも、急に食べさせたらダメだけどさ。

それにしても、なぜ急に？

セオドア殿下も同じ気持ちだったようで、モゴモゴと口を動かしながら言う。

「にゃ、にゃんれふか、とつれん」

そんなセオドア殿下に、アルフォンス兄さんがにっこりと笑う。

「うちの国のブドウ美味しくない？　今年は特に甘いと評判なんだ」

確かに甘いけれど、セオドア殿下の前にも同じケーキがあるのに。

セオドア殿下は咀嚼を終えて、ブドウをゴクッと呑み込んだ。

「了解です。アルフォンス先輩の事情はよくわかりましたよ。けど、急に食べ物を口に突っ込んでこないでくださいよ。びっくりしたじゃないですか」

「ごめんね。すぐ食べさせてあげたくて」

微笑むアルフォンス兄さんに、セオドア殿下は渋い顔を向けている。

ところで、セオドア殿下の言う、『アルフォンス兄さんの事情』ってなんのこと？

俺が聞こうか迷っていると、ルーゼリア義姉さんがムッとした顔で言う。

「アルフォンス様に食べさせてもらうなんて、ずるい」

「……ルーゼリア、今の出来事をちゃんと見て言ってる？　無理矢理だよ？」

セオドア殿下は疲れた様子でため息を吐いた。

アルフォンス兄さんはルーゼリア義姉さんにニコッと笑う。

「フォークを替えてもらったら、あとで食べさせてあげるよ」

照れながら、ルーゼリア義姉さんはお礼を言う。

「本当ですか？　ありがとうございます」

うんうん。新婚さんだもんね。仲良くていいよね。

……でも、その真ん中に挟まれた俺は、いったいどういう顔をしたらいいのだろうか。

俺は遠くを見つめ……そして、気づいた。

アルフォンス兄さんの事情について聞くタイミングを逃してしまったということに。

俺は仕方なく、別のことをセオドア殿下に尋ねることにした。

「セオドア殿下とアルフォンス兄さまは一緒のクラブだったんですよね？　どんなクラブに所属していたんですか？」

「アルメテロスクラブだよ」

アルメテロスは、古代語で知の王という意味の名前だ。

ステア王国に棲むとされる頭が三つに分かれている伝説の鳥で、ステア王国の紋章やステア王立学校の校章にもその姿が描かれている。

セオドア殿下は、続けて言う。

「このクラブは、アルフォンス先輩が立ち上げたんだ」

「アルフォンス兄さまが作ったクラブ、ですか？」

俺が驚いて横を向くと、アルフォンス兄さんは困り顔で笑う。

「自分の好きなことをやるクラブを作りたくて、私とリックとエリオットと、あと数人の友人の名前を借りて立ち上げたんだよ」

「実質俺たちだけで始めたようなものでしたけど、卒業する頃には五十名を超す、大所帯《おおじょたい》になっちゃいましたよね」

リックの言葉に、セオドア殿下は頷く。

「アルフォンス先輩は人気者でしたから」

中等部も高等部も一学年の生徒数は男女合わせて、だいたい百名前後。

兼部《けんぶ》も可能とは言え、三百名の中の五十名が所属していると考えると、かなり大きなクラブだとわかる。

どんなクラブなんだろう。名前からすると、アルメテロスを調べるクラブとか？　それともアルメテロスは知の王だから、勉強するクラブとかかな？

「どんな活動を行っていたんですか？」

俺がわくわくしながら尋ねると、セオドア殿下は教えてくれる。

「いろいろやっていたよ。体を鍛《きた》えたり勉強をしたり、料理や裁縫《さいほう》、絵や編み物もやったなぁ。他には領地経営や外交時の交渉術、社交界でのマナーなんかも学んだかな」

思っていたのと違った。内容的には帝王学に近い？

料理や裁縫なんかもあるのは不思議だけど。

「各国でマナーは異なるから、それを網羅《もうら》的かつ実践的に学べるのが珍しいって話題になって、メンバーが増えちゃったんだよね。だから、クラブの所属員は、王侯貴族の子息や子女が多かったかな」

アルフォンス兄さんの説明に、俺は納得する。

そして、気になっていたことを聞く。

「いろいろな知識を得られる場っていう意味で、アルメテロスの名前がついたんですか？」

「表向きはそうです」

エリオットの答えに、俺は首を傾げる。

「表向きっていうことは、実際は違うの？」

「もともとは、兄クラブって名前にしようかと思っていたんだよ」

アルフォンス兄さんの言葉に、俺はポカンとする。

なんですと？

「あに……クラブ？　あにって兄と弟の兄ですか？」

念のために確認すると、アルフォンス兄さんはコクリと頷く。

「そう。長兄として、弟や妹たちから尊敬される存在でいたいという思いを胸に作ったクラブだからね。いろんなことができる兄って、頼りがいがあってカッコイイと思わない？」

アルフォンス兄さんは、俺に向かってにこりと笑う。

「か、かっこいいですし、実際にアルフォンス兄さまはすごいなって思いますが……」

それが理由でクラブを作っちゃうことには驚いてしまうよね。

だから、編み物とか絵とか、いろんなジャンルのことが学べるようになっているのか。

「ただ、兄限定クラブみたいになると、入部できる人も限られてしまうので、アルメテロスクラブになったわけです。実際に、俺は一人っ子ですしね」

リックがそう補足し、続いてエリオットは物憂げに言う。

「クラブの名前は変わっても、定期的にアルフォンス殿下主導で『長子とはどんな存在であるべきか、そのためにはどうするべきか』っていう論議が行われていましたが……」

セオドア殿下は眉間にしわを寄せて、「ありましたね」と頷く。

「入った当初、元が兄クラブだったなんて知らないから、困惑しながら論議に参加していました」

そりゃあ、そうだろうな。

兄クラブ……かぁ。良かった、アルメテロスクラブになって。

しかし、改めて思うけど、弟妹のためにクラブを立ち上げるってすごいよね。

惜しみない努力の結果、究極の兄が爆誕してしまったわけか。

「そういえば、フィル君もライオネルと一緒に、新しいクラブを立ち上げたんだよね？」

セオドア殿下に話を振られて、考え込んでいた俺は慌てて頷く。

「あ、はい。モフモフ・鉱石研究クラブです。モフモフの召喚獣をお世話して癒されて。あとは、シエナ先生の下で最新の鉱石研究も行います」

真面目に活動内容を説明すると、セオドア殿下は口元を押さえ、小さく肩を揺らしながら笑う。

「そうそう、クラブ名や活動内容を聞いて、面白い子だなって思ったんだよね。さすがアルフォンス先輩の弟さんだなって」

それはいったいどういう意味なのか。

やることがそっくりってことか？

え、兄クラブとモフモフ・鉱石研究クラブが一緒？

腕組みして首を傾げる俺を見て、セオドア殿下は目を細める。

「ライオネルが、君を気に入って懐いているのもわかるよ」

しみじみと言われて、俺は目をパチクリとさせる。

「ライオネル先輩が、僕に懐く？」

他の同級生よりはとても親しくさせていただいているが、『懐いている』という言葉には『甘える』という響きを感じてしまい、デュラント先輩のイメージと合わない気がする。

しかし、セオドア殿下は楽しそうな笑顔でコクコクと頷く。

「うんうん。すごく懐いてる。ライオネルが寮《りょう》に入ってから話す機会はそう多くないんだけど、会えば君の話ばかりだよ。今まで君みたいな子が、ライオネルの傍にいなかったからかな。自分の知識の及ばないことを考え出す、とても興味深い生徒だって言っていた。それから優しくて、傍にいると居心地がいいとも話していたよ」

あのデュラント先輩が、俺のことを？

思わず照れてしまい、頬が熱くなる。

「ライオネル先輩こそ人望があってとても素晴らしい方なので、そう言っていただけて光栄です」

そう言うと、セオドア殿下は目を細めて笑う。

「ありがとう。うちのライオネルも優秀な弟ではあるんだけど、性格ゆえか、纏う雰囲気ゆえか、本当に親しい友人というものができなくてね。だから、仲が良い後輩がいると聞いて、すごく嬉しかったんだ」

やはりセオドア殿下はお兄さんだけあって、デュラント先輩のことをよくわかっているんだな。

デュラント先輩は先にも話した通り、優秀で人望の厚い人だ。カリスマ生徒総長として、周りから一目置かれている。

後輩も先輩も同級生も、デュラント先輩に憧れを抱いているので、恐れ多いと感じるのか、ほんの少し距離ができちゃうみたいなんだよね。

デュラント先輩と気さくに話ができるのは、幼馴染《おさななじみ》のマクベアー先輩と、学校が始まる前にデュラント先輩の家庭教師をしていたシエナ先生くらい。

いつかその二人と同じくらい、近しい友達になれたらいいなぁと思う。

ただ、それに関して、ひとつ気がかりがあった。

デュラント先輩は、俺の正体を知っているのかということだ。

「あの……セオドア殿下は僕がステアに入学すること、知っていらっしゃったんですか？」

俺が尋ねると、セオドア殿下はアルフォンス兄さんをチラッと見て頷く。

「うん。アルフォンス先輩からの手紙でね。何かあったら助けてあげて欲しいって」

やはりアルフォンス兄さんが教えていたらしい。

アルフォンス兄さんは、俺の頭を撫でて申し訳なさそうに言う。

「ごめんね。フィルがしっかりしているとはわかっていたけど、家族から離れ、年上ばかりの中等部に入学しただろう？　やはり心配で……」

話しておいて欲しかった気持ちはあるが、入学当時は七歳だったもんなぁ。

遠く離れて暮らす家族としては、やはり心配か。

納得しかけて、ハッと息を呑む。

「ということは、僕の学生生活が全部筒抜け……？」

家族への手紙には、フィル教のこととか、神様として祀《まつ》り上げられていることは書いていないなんだけど、それがバレていたら嫌だなぁ。

そんな風に内心焦りながら、傍らに立っていたカイルと顔を見合わせる。

すると、セオドア殿下は笑って、手をヒラヒラと横に振る。

「いやいや、安心して。初めのほうこそ気を配っていたけど、ライオネルの話を通して学校生活に順応しているのがわかったからね。フィル君に関することはほとんど報告していないよ」

その言葉に俺とカイルは安堵の息を吐き、反対にアルフォンス兄さんは物憂げなため息を吐く。

「連絡をくれたのは対抗戦のメンバーになった時くらいだよね。もう少し学校での様子とかを教えてくれたっていいのに」

そんなアルフォンス兄さんに、セオドア殿下は眉を寄せる。

「僕だって領地を巡ったり、外交で他国へ行ったり、いろいろ忙しいんですよ。だいたい、フィル君からお手紙をもらっているんでしょう？　せっかく家から離れて、のびのびと学生生活を送っているんですよ？　僕がフィル君だったら、逐一《ちくいち》行動を家族に伝えられていると知ったら、こっそり見張られているようで嫌です」

「ありがとうございます」

俺はそう口にして、セオドア殿下に向かって深々と頭を下げる。

セオドア殿下が良識のある人で良かった。

「家族でも君の正体を知っているのは、僕と祖母くらいかな。他の家族には話していないよ」

それを聞いて、俺は一つ息を吐く。

それが安堵の息なのか、自分でもよくわからなかった。

セオドア殿下は優しく微笑む。

「ライオネルは身分からくる隔《へだ》たりや孤独《こどく》がわかっているから、話しても大丈夫だとは思うけどね」

うん。デュラント先輩は優しい方だから、きっと理解してくれるだろうな。

「ありがとうございます。いつか時期を見て、自分の口からお話しできたらって思います」

俺の言葉に、セオドア殿下は頷いた。

6

ステア王立学校の冬休みが、間もなく終わる。

俺とカイルとアリスは学校へ向かうべく、グレスハート王国を出た。

飛獣のルリに乗って飛べば、数日で到着できるだろう。

ただ今、カレニア王国からドルガド王国へ差し掛かるところだ。

「王国を出る時はどうなることかと思ったけど、予定通りにステアにつけそうだね」

出発の時、城の裏手にある丘に、家族や城の皆が見送りに来てくれた。

ルリの背中に荷物を載せて、いざ出発しようと思ったら、アルフォンス兄さんとレイラ姉さんに引き留められたんだよね。

毎度のことではあったんだけど、今回は特に長かった。

カイルはその時のことを思い出したのか、深い息を吐く。

「お二人がフィル様のために別れの詩を朗読し始めた時には、正直ずっと出発できないんじゃないかと思ってしまいました」

父さんが『別れが悲しいのはわかったが、いい加減にしろ』と止めに入ってくれなかったら、あの朗読合戦はもっと続いていたかもしれない。

「でも、素晴らしい朗読だったわ。感動してしまったもの」

アリスの言葉に、俺はぎこちなく笑う。

確かに、二人の朗読は素晴らしかった。俺のためだというのだから、嬉しくないはずはない。

しかし、アルフォンス兄さんの朗読には困った。

詩の内容も読み方も声も素晴らしいものだから、見送りに集まった城の皆が朗読に感動して泣き始めちゃって……。

まるで、今生《こんじょう》の別れのような出立《しゅったつ》だったなぁ。

「学校に行くだけであんなに悲しむんだから、僕がいつか世界を巡りたいって言ったら、どうなるんだろう」

ふとそんなことを呟くと、アリスとカイルが「えっ！」と同時に叫んだ。

「フィル様、旅に出るの⁉」

「フィル様、世界を巡る予定があるんですか？」

顔を寄せてくる二人に、俺は笑った。

「今じゃないよ。いつか行きたいなって話。おじい様とお話ししていたら、諸国漫遊《しょこくまんゆう》も楽しそうだなって思って。アウステルみたいな未知の国にも興味があるし、のんびりしながら世界の美味しい食べ物とか、モフモフ動物とかを堪能するって考えると、楽しそうじゃない？」

「それは、とても楽しそうだけど……」

アリスは長いまつ毛を伏せ、寂しそうな顔で俯く。

泣きそうに見えたので、俺は慌てる。

「本当に今すぐじゃなくて、もっと先の話だよ？　最低でも高等部を卒業してからの話だし、するとしてもまず初めは短期の旅行から始めるつもり」

俺が明るく言うと、アリスは顔を上げて俺を見つめる。

「旅に出たまま、ずっと帰って来ないわけじゃないの？」

不安そうな理由がわかって、俺は笑った。

「ずっとじゃないよ。もし良かったら、アリスも一緒に行く？　同盟国だったら、安全だと思うし」

すると、アリスは花が綻ぶように笑う。

「行くわ！　一緒にコルトフィアに旅行した時、とても楽しかったもの」

カイルも自分の胸を強く叩いて言う。

「俺もお供いたしますよ。どこに行こうと、主人の傍にいるのが従者ですから。フィル様が事件に巻き込まれ、何か問題が起こった時でも対処できるよう、頑張ります！」

それを聞いて、アリスは真剣な顔で悩み始めた。

「そうよね。フィルと一緒なら、何かあった時に足手まといにならないよう、私もライラみたいに剣術や護身術を習うべきかもしれないわ」

なぜ二人とも、俺のトラブルありきで考えるのだろう。

確かに俺は事件に巻き込まれてばかりで、絶対に何もないとは断言できないけどさ。

「じゃあ……僕は事件に巻き込まれないようにするよ」

俺に言えるのはそれぐらいしかなかった。


しばらくすると、カレニアとドルガドの国境検問所が見えてきた。

国境をまたぐ時は、一旦降りて手続きを行っている。

そのまま上空を通過することもできるけど、今日はドルガドに一泊する予定だし、何かあった際に入国許可証がないと後々面倒だもんね。

俺はルリの頭を撫でて、声をかける。

「ルリ、長い距離お疲れ様。下に降ろしてくれる？」

【了解です】

ルリはそう言って、街道から外れた場所に降り立つ。

ルリの背から荷物を下ろしながら、カイルとアリスに向かって言う。

「ちょっと時間は早いけど、今日はいつもの宿屋に泊まろうか」

「そうですね。順調に進んでいますし」

「いいと思うわ」

承諾《しょうだく》を得たところで、俺は小さく変化したルリを胸ポケットに入れる。

「ありがとう、ルリ。今日はもう休んでいていいよ」

嬉しそうにポケットの中で丸まるルリに微笑み、キャリーケースを引いて国境の検問所で入国許可をもらう。

俺たちがいつも学校に向かう際に立ち寄る宿屋は、検問所を抜けてしばらく歩いていったところにある。

何軒かある建物のうち、一番手前にある丸太小屋が、それだ。

丸太小屋の傍で薪《まき》割りをしている宿屋の亭主が見えたので、俺は大きく手を振る。

「こんにちは！」

亭主は手をいったん止めて、額の汗を拭った。

「おぉ、坊主《ぼうず》たち」

亭主も俺たちの顔を覚えていたらしい。

「僕たちは二人部屋、彼女は一人部屋を使いたいんですが、二部屋空いていますか？」

俺が尋ねると、亭主はニコッと笑う。

「あぁ、空いているよ」

しかし、ふと何かを思い出したように、俺たちを見つめる。

「そういや、確か坊主たちはステアの学生じゃなかったか？　大抵のステア生は何日も前にここを出発しちまったが、学校には間に合うのかい？」

心配そうな顔をする亭主に、俺は微笑む。

「お気遣いありがとうございます。ギリギリ大丈夫です」

ルリのスピードじゃなきゃ、完全に間に合わないけどね。

「ほぅ、そうなのか。まぁ、寝ずに行っても危ないからな。ゆっくり休んでいきな」

そう言って、俺たちを宿屋へと案内してくれる。

「今のところ、客はお前さんたちと、さっき来た二人だけだ」

扉を開けてもらい、俺たちは中に入ろうと一歩足を踏み出した。

扉を入ってすぐ正面には、宿屋の受付がある。

その受付の前に、二人の男性が立っていた。亭主が言っていた、先客だろう。

「え!?」

見覚えのある後ろ姿に、先頭にいた俺はピタッと足を止めた。

俺の声を聞いて、二人の男性は振り返る。

顔を見れば、やはりティリア王立学校高等部一年のイルフォード・メイソンと、ドルガド王立学校高等部一年のディーン・オルコットだった。

「あれ……?」

イルフォードが短く呟き、ディーンが大きく目を開ける。

「どうしてここに、フィルが……」

それはこっちが聞きたい。

俺と彼らは年齢も学年も学校も違うが、何度か交流を重ねて、今では俺の親しい友人だ。

イルフォードは秋の終わり頃に俺に会いにステアに来てくれた時、ディーンは炬燵《こたつ》パーティーに招待してステアに来てくれた時以来の再会だ。

「ステアはもう学校じゃないのか?」

俺たちに会うと思わなかったのか、ディーンはまだ少し驚いた表情のまま聞いてくる。

「グレスハート王国が王家の婚姻式で盛り上がっていたので、ギリギリまで国にいたんです。今日はこちらに泊まって、明日ルリに乗ってステアに向かう予定です」

俺が胸ポケットに手を添えると、ルリがぴょこんと顔を出す。

「あ……あぁ、そうか。そうだな。それならば、間に合うか」

ルリの存在を思い出し、ディーンは合点がいったようだ。

飛獣とも呼ばれるウォルガーは、存在を知られているものの滅多にお目にかかれない都市伝説級の動物だ。

珍しい動物を召喚獣にしていると、注目されたり騒がれたりすることがある。トラブルにつながりかねないため、飛行する時もなるべく人の目を避けているし、自分から率先《そっせん》してウォルガーを召喚獣にしているとも言っていない。

ただ、ディーンやイルフォードは、三国王立学校対抗戦の際に、俺がルリを召喚しているのを目撃していた。

俺たちがここにいる理由を納得してもらったところで、こちらも質問を返す。

「そういうお二人は、どうしてここに？」

交流のきっかけとなった対抗戦で、ティリアとドルガドの大将を務めていた二人。

仲が悪いわけではないが、イルフォードはのんびりマイペースだし、ディーンはわりとキビキビ行動するタイプ。

はっきり言って、性格が正反対なんだよね。

それに、ティリアやドルガドの高等部だって、もうすぐ学校が始まるはずだ。

そんな二人が、なぜこんなところに揃っているのか。

すると、ディーンは俺たちの後ろにいる亭主や、受付にいる宿屋の女将《おかみ》さんに視線を向ける。

「今日はここに宿泊するんだろう？　受付をしてから、落ち着いた場で話そう」

確かに、それもそうだ。

ディーンの提案に、俺たちもイルフォードも揃ってコクリと頷いた。

俺たちは宿屋に記帳をして、案内された部屋にそれぞれ荷物を置き、宿屋の受付脇にある部屋に集まった。

この部屋は朝や夕方に食堂として使われているが、それ以外の時間は、喫茶《きっさ》スペースや談話室のような扱いなのだ。

グラント大陸はまだ春になったばかりで、寒い日もたまにある。

今日は少し肌寒いからか、暖炉《だんろ》に火がくべられていた。

暖炉に棲んでいる火の妖精が、俺たちに気づいて火の勢いを強める。

パチパチと薪が燃《も》える音を聞きながら、俺たちは部屋の窓際にあるテーブルについた。

宿屋の女将さんが、テーブルの上に人数分のマグカップを置き、そこにポットに入った液体を注ぐ。微《かす》かに色づいた乳白色の液体は、少しだけ清涼感《せいりょうかん》のある匂いがした。

ハーブの茶葉に牛乳を入れた、ミルクティーのようだ。

この宿特製ブレンドのハーブミルクティーは、砂糖を入れていないのにほのかに甘くて美味しいんだよね。

ただ、すぐ飲むと火傷《やけど》必至なので、飲むのは少し冷ましてからだ。

「お茶の入ったポットはここに置いておくから、好きなだけおかわりしてね」

女将さんはそう言って、ポットをテーブルに置く。

「ありがとうございます」

俺たちがペコッと頭を下げると、女将さんはにこやかに笑って部屋を出て行った。

対面している二人に向かって、俺は改めて挨拶をする。

「お久しぶりです。ディーンさん、イルフォードさん」

「ああ、久しぶりだな」

ディーンはわずかに口角をあげる。これが、彼の笑顔である。

一方イルフォードは、俺たちを見て尋ねる。

「ヴェール……見た？」

挨拶でなく、聞きたいことから始めるのがイルフォードらしい。

ヴェールというのは、ルーゼリア義姉さんが婚姻式につけていたウェディングヴェールのこと。

イルフォードは彫刻や絵、刺繍《ししゅう》の技術が素晴らしく、国宝級の作品を生み出せるほどの腕前だ。

まだ学生の身ではあるが、王族や貴族から作品の依頼が殺到するほどである。

今回、グレスハート王家が彼に依頼し、ウェディングヴェールを作ってもらったんだよね。

秋に会った時、イルフォードは理想のヴェールを作りたいのに、素材がなかなか見つからなくて困っていた。

そこで、俺が知り合いのミネルオーに毛玉を分けてもらい、素材として提供したのだ。

「見ました。刺繍はもちろん美しかったですし、装飾のエティムが朝露《あさつゆ》のようにキラキラ輝いていて、本当に素敵でした」

俺がそう伝えると、カイルも頷く。

「ロングヴェールなのに軽やかで、とても素晴らしかったです」

アリスは頬に手を当て、うっとりとした表情で言う。

「馬車から降りた時の、ルーゼリア皇太子妃殿下の美しさが忘れられません。私を含め、沿道にいた全員が、ヴェールをつけたルーゼリア皇太子妃殿下に見惚《みと》れていました」

俺たちの話を聞いて、イルフォードはふわりと微笑む。

「そう……良かった」

素っ気《そっけ》なく聞こえるが、表情からとても嬉しそうなのがわかる。

そんなイルフォードに、アリスが尋ねる。

「もしかしたら、イルフォードさんがグレスハートにいらっしゃるかもって思っていたんです」

そう言われて、イルフォードは悲しそうにまつ毛を伏せる。

「作ってる時……ほとんど寝てなかったから……、終わったあとずっと寝てた……」

「だからグレスハートに行けなかったんだ」と話を結び、イルフォードはしょんぼりする。

彼が相当大変だったということは、婚礼衣装を担当してくれたティリア王国皇太子のアンリ義兄さんからも聞いている。

ヴェールに施した刺繍は高度すぎて、イルフォードにしかできなかったみたいだし、エティムも縫《ぬ》い付ける角度を工夫していたから、ほとんどイルフォードが行っていたそうだ。

アンリ義兄さんが『本人はグレスハートへ来たがっていたが、完成した途端に気絶するように寝てしまったので、連れてくることができなかった』って言っていたけど、その判断は正しいと思う。

無理に連れてきて、イルフォードに何かあったら大変だもん。

「体調は大丈夫ですか？」

俺が心配して尋ねると、イルフォードはコクリと頷く。

「たくさん寝たから平気」

その言葉に、俺たちは安堵の息を吐く。

「あ、そうだ。それで、二人はなぜ一緒にここに？」

俺は改めて、聞きたかった質問をする。

ミルクティーを飲みながら俺たちの会話を聞いていたディーンは、カップを置いてクイッと親指でイルフォードを指した。

「国王陛下の命で、こいつのお守《も》りを任されてな」

「国王陛下の命で、お守り？」

思わず、そのまま返してしまった。

ディーンの言う国王陛下というのは、おそらくドルガドのディルグレッド国王のことだよね。

対抗戦の時に見た、威厳ある顔を思い出す。

「ドルガドの泥染《どろぞ》めの魅力を他国の上流階級にも伝えるため、イルフォードの力を借りることになったんだ。王族や貴族は泥染めを好まないからな」

ドルガドの泥染めは、赤茶や黄土色や黒など暗い色合いのものが多い。

加えて模様も、古代の民族的な絵柄である。

エキゾチックでいいと思うが、確かにあのままでは華やかさを好む貴族に受け入れてもらうのは難しいかもしれない。

「なるほど、イルフォードさんのお力があれば、素晴らしいものができそうですよね」

今回のウェディングヴェールで、さらに名声を高めたイルフォードの泥染めとあれば、きっと注目が集まるだろう。

イルフォードは小さくため息を吐く。

「本当は……グレスハートに行こうと、予定あけてたんだ。でも、サイードが長距離の移動は、まだダメだって言うから……」

サイードというのはティリア王立学校中等部に通う生徒で、イルフォードの後輩だ。

しっかり者の彼は、思いつくまま行動するイルフォードのマネージャーみたいな役割をしている。

「やることもないし、寝るのも飽きたし、依頼を受けようかなって……」

少しつまらなそうなイルフォードに、ディーンは眉を寄せる。

「あのなぁ、ディルグレッド国王陛下からの依頼を、暇つぶしみたいに言うな」

「え……でも、暇つぶしだし」

「思っていても言うな。特に国王陛下の前で言ったら、絶対にダメだからな」

ディーンはそう言って睨むが、イルフォードは首を傾げたままコクリと頷くだけ。

そのぽやんとした表情に、ディーンは額を押さえた。

「全然、忠告の意味を理解してないだろ」

二人の関係は、まるでボケとツッコミだ。

サイードがいればイルフォードのサポートを担ってくれたのだろうけど、二人きりの時はディーンがやるしかなかったんだろうな。

「それにしても、国王陛下からの任務を任されるなんて、お二人ともすごいですね」

アリスはそう感嘆するが、ディーンは深いため息を吐く。

「腕が立つことを評価されたのも多少はあると思うが、俺はイルフォードの指名で護衛に選ばれたんだ。もともとは、父上の部下が任務につくはずだったんだよ」

そう言って、隣のイルフォードを睨む。

ミルクティーにふぅふぅと息を吹きかけて冷ましていたイルフォードは、吹くのをやめて言う。

「知ってる人のほうが……楽」

「楽って、お前なぁ」

ディーンは不服そうだけど、それだけイルフォードに信頼されているってことだよね。

その部下の人に問題があったわけではなくて、気心の知れた人といたほうが居心地がいいと思う気持ちは理解できる。

そして俺はふと、あることを思い出す。

「そういえば、以前お会いした時、ディーンさんは冬の剣術大会に参加するって言っていましたよね？　大丈夫だったんですか？」

確か、ライバルであるマクベアー先輩の出場する剣術大会に年齢制限で出られないから、ディーンは別の剣術大会に出るって言っていた。

急に任務を任されることになって、影響は出なかったのかなって思ったのだ。

すると、お茶で口を潤《うるお》していたディーンが言う。

「ああ、大会では優勝した」

微かに口角を上げる彼に、俺たちは「おぉ」と声を上げる。

「優勝おめでとうございます！」

「おめでとうございます、ディーンさん」

「さすがですね」

俺とアリスとカイルがパチパチと拍手する。

「まぁ、マクベアーがいない大会だから、勝って当然だがな」

そう言いつつも、ディーンは少し誇らしげだ。

普段の言動からは大人びた印象を受けるけど、こういうところは年相応だよね。

「優勝に驕《おご》ることなく、試合後は次の大会に向け道場で修練を積む計画だった。……が、何日もないうちに、国王陛下からイルフォードの案内役兼護衛を務めるよう要請されたわけだ」

「お、お疲れ様です」

俺の労いの言葉に、ディーンは深く頷く。

イルフォードは思ったまま行動するところがあるから、スケジュールで動くタイプのディーンは大変だったろうな。

疲れた表情のディーンを見て、この話題を続けないほうがいいだろうと考えたのだろう、アリスが別の話を振る。

「この宿に泊まるということは、泥染めが盛んな村がこのあたりにあるんですか？」

ディーンは頷く。

「ああ、ドルガドの南西に、泥染めで有名なピリカ村がある。今はそこに行ってきた帰りだ」

すると、イルフォードがしょんぼりと俯いて、残念そうに呟く。

「でも、今年は泥染め……無理かもしれない」

泥染めが無理？　どういうこと？

「何か問題でもあったんですか？」

俺が首を傾げると、ディーンが一つ息を吐いて、説明してくれる。

「今は落ち着いているんだが、実は冬休みが始まってすぐ、ドルガド北北西にある山が噴火《ふんか》した」

「え！　火山噴火ですか？」

ドルガドは火山大国である。十数年に一度は、どこかしらの山が噴火している。

最近大きい噴火は起こっていないのだが、過去には村や森や畑がのみ込まれ、それがきっかけで飢饉《ききん》が起こったこともあるそうだ。

「あの……近くに住んでいた方々は大丈夫だったんですか？」

俺が気になってそう尋ねると、ディーンは表情を和らげて言う。

「大丈夫。噴火の規模も小さいし、幸いにも近くに村や畑がなかったからな。それに立ち入り禁止区域を広くとって、近隣への周知を徹底させたおかげか、人や動物が被害を受けたという連絡も入っていない」

俺は胸を撫で下ろし、ホッと息を吐く。

「良かったです。あ……それで、泥染めの問題に、その噴火がどう関係しているんですか？」

「実は西の峡谷《きょうこく》近くの森の中に、泥染め用の泥田《どろた》があるんだ。立ち入り禁止区域からは外れているんだが、噴火している間はそこに行くのを控えていたそうでな。俺とイルフォードが村人と一緒に行ってみたところ、泥田の周りにいつの間にか謎の草が大量発生して、すごいことになっていた」

眉を顰《ひそ》めるディーンに、カイルは尋ねる。

「謎の草？　周りに大量発生したってことは、泥田の中に生えていたわけではないんですか？」

「ああ、泥田は問題なさそうだった。ただ、イルフォードがなぁ」

そう言いながら、ディーンはイルフォードに視線を向ける。

「あの泥田で染めると、色が違う」

イルフォードはボソッと呟いて、自らのマグカップにミルクティーのおかわりを注ぐ。

ディーンは口元を引きつらせ、若干疲れた顔で俺を見る。

「こんな感じでな。前に見せたことのある泥染めの色と、違うらしいんだ。確かに、村人も色合いに違和感は感じているそうなんだが……。正直、俺にはさっぱりわからなかった」

小さく肩をすくめるディーンに、イルフォードは珍しくキッパリと言う。

「全然違う。泥染めは泥に含まれているものによって、色合いが変わる。今はまだ小さな差だが、あのままではどんどん色が変化していく」

そういえば泥染めって、植物の染料と泥の中に含まれる鉄分とを、交互につけることによって生地を染めるんだっけ。

だから当然、どんな泥でもいいわけではなく、泥の成分が変われば色の出方も変わってしまう。

イルフォードの言う通り、これから泥染めを売り出そうという時に、どんどん色が変わったら大変だ。

そもそも、昔から変わらないあの色じゃないと、ドルガドの泥染めだとは言えないもん。

「イルフォードが言うには、周りにある大量の草が土の養分を吸い上げてしまい、それが影響しているんじゃないかって」

渋い顔で言うディーンに、俺たちは「なるほど」と頷く。

そんな中、アリスが少し身を乗り出して質問する。

「草の種類はわからないんですか？　私、薬草の辞典を愛読しているんです。どういったものか教えてくだされば、もしかしたらわかるかもしれません」

アリスの申し出に、ディーンの表情が明るくなる。

「本当か！　あ、えぇと……葉は剣のように鋭く尖っていて、少し黒っぽい。それから、根が頑丈でなかなか抜けないんだ。村人も見たことがないと言っていた」

すると、隣にいたイルフォードがポケットから丸まったハンカチを取り出した。

そしてハンカチを広げる。

ハンカチには、ディーンが口にした特徴と一致する植物が包まれていた。

「もしかして、今言っていた謎の草ですか？」

俺が聞くと、イルフォードは草を掴んで掲げ、コクリと頷いた。

「小さいやつ……抜いてきた」

「いつの間に抜いていたんだ？」

ディーンの知らない間に、採取していたらしい。

唖然とするディーンに、イルフォードは表情を変えずに言う。

「泥作りが遅れそうだから……説明の助けになるかと思って」

「……意外としっかりしてるんだな」

ディーンは感心した顔で、イルフォードを見つめる。

「この草ですか……」

アリスはそう言うと、じっと植物を観察する。

葉は笹の葉のようで、ディーンの説明の通り黒っぽい。

根っこは粘土質の土の塊を抱え込んで、引き抜くのが大変そうだ。

しかも剣のような形の葉は、成長しきっていないのにすでに硬い。

引き抜くにしても、グローブとかが必要かも。

そんなことを考えていると、アリスが顔を上げた。

「多分これは、コルフ草《そう》ですね」

「「コルフ草？」」

俺とディーンが声を揃えて聞き返す。

「はい。ドルガドの北西部にある植物です。噴火が関係あるのかまではわかりませんが、綿毛《わたげ》で種を飛ばす植物なので、泥田を空けている間に根づいてしまったんじゃないでしょうか」

アリスの推測に、ディーンは驚いた顔で言う。

「うちの国の植物なのか？　だが、村人が見たことがないと言っていたぞ？」

「コルフ草の葉は、生息地によって色が変わるんです。土に含まれているものを、微量ではありますが吸い上げているので、それによって色の違いが出ると言われています」

アリスの話に、俺はポンと手を打つ。

「そっか。大量に生えていたって言っていたもんね。一株ごとには微量しか栄養を吸っていなくても、たくさん生えたせいで泥田に影響が出る可能性は充分に考えられるか」

ディーンは腕組みをして眉を寄せ、低く呟く。

「だったら、その草を抜けば、これ以上の影響は抑えられるか」

イルフォードとアリスは、その案に賛同する。

「うん、手入れが必要だけど、草を抜けば泥田は元に戻ると思う」

「私もそうするべきだと思います。ただ、コルフ草は繁殖《はんしょく》力が強いので、根っこから取らないといけませんし、しばらくの間は成長する前に芽を摘《つ》むなど、注意する必要があります」

それを聞いて、ディーンは大きく頷いた。

「わかった。元の状態に戻すのは大変そうだが、これからどうすればいいのか、方向性がわかっただけでも助かるよ。本当にありがとう」

そう言って、俺たちに向かって頭を下げる。

俺たちは「頭を上げてください」と恐縮する。

俺とカイルは話を聞いていただけだし、今回はアリスの功績だもんね。

「とはいえ、手入れが大変そうですね」

カイルの言葉を聞いて、俺は考え込む。

確かに人の手で処理するのは大変だよねぇ。俺が鉱石を使ったらどうだろう？

例えば、ウィンドカッターで切って……って根っこが残っちゃうか。

あ、ヒスイなら、根っこごと抜き取ることもできるかな？

明日にでも寄って……って、学校がもう始まるし、お手伝いに行く時間はないか。

「あの、週末にお手伝い行きましょうか？」

俺の申し出にディーンは一瞬驚いた顔をして、それから笑って首を横に振った。

「本当に、困っている人がいたら放っておけないんだな。大丈夫だ。困ってはいるが、村人やうちの道場の訓練生や友人もいるし、人手は足りているよ。気持ちだけで充分だ」

そうか。ディーンは人望があるから、声をかければたくさん人を集められるよね。

そう納得していると、イルフォードは手を伸ばし、俺の頭を撫でる。

「泥染め……できたら、皆にあげるね」

その言葉に、俺とカイルとアリスは大きく頷いた。

俺は笑顔で言う。

「楽しみにしています」

ドルガドの宿屋に泊まった、次の日の夕方。俺たちはステア王立学校へ到着した。

女子寮へ向かうアリスと別れて、俺とカイルは中等部男子学生寮へ。

帰寮のピークが過ぎたからか、玄関ホールにいる生徒はいつもより少なめだ。それでも、ホールには生徒たちの楽しそうな声が溢れている。

友達との再会を喜ぶ声や、休み中にしたことなどを話す声があちこちから聞こえる。

あぁ、学校に帰って来たんだなぁ。

賑やかな声を聞くと、強く実感する。

ここでの俺は、グレスハート王国第三王子フィル・グレスハートではない。

ステア王立学校中等部二年、鉱石屋の息子フィル・テイラだ。

俺とカイルはホール脇の受付にいる寮母さんに、ペコリと頭を下げる。

「「ただいま帰りました」」

寮母さんはにっこりと笑う。

「おかえりなさい。フィル君、カイル君」

そして、戸棚《とだな》の中から俺たちの部屋の鍵《かぎ》を取って、差し出す。

「はい、これ君たちの鍵ね」

「「ありがとうございます」」

俺たちはお礼を言って、寮母さんから鍵を受け取る。

部屋に向かって歩き出しながら、俺は小さく欠伸《あくび》をした。

部屋に荷物を置いたら、夕食前にお風呂に入りたいな。

馬車よりも断然ルリに乗って移動したほうが楽だけど、それでもちょっと疲れる。

お風呂に入ってスッキリしたら、ご飯を食べてすぐ寝よう。

そう脳内でスケジュールを立てていると、後ろから声をかけられる。

「フィル君！　カイル君！」

同級生のシリル・オルコット。ディーンの弟だ。

「久しぶり！　今、到着したの？」

嬉しそうに言うシリルに、俺は微笑む。

「久しぶり、シリル。うん、今到着したばかりだよ」

久しぶり……とは言ったけど、なんかあんまりそんな気はしないな。

休み中はシリルと一度も会ってなかったのに、なんでだ？

あ！　ディーンに会ったばかりだからか。

シリルはお母さん似で、ディーンはお父さん似だ。

でも、成長とともに精悍《せいかん》な顔つきになってきていて、雰囲気や表情が前よりもお兄さんに似てきたように思える。

「そういえばステアに来る途中、ディーンさんに会ったよ」

俺がそう伝えると、シリルは目を大きく見開いた。

「え、兄さんに会ったの!?　どこで？」

「昨日泊まった宿屋が、偶然一緒だったんだ」

俺が言い、続いてカイルが補足説明をする。

「ドルガドとカレニアの国境近くにある宿屋でな」

シリルは驚きつつも、少し羨ましそうに言う。

「いいなぁ。兄さんが任務をこなすことになったから、一緒にやるはずだった鍛錬もできなかったし、ドルガドを出立する前に挨拶すらできなかったんだよね」

あぁ、そういや剣術大会で優勝したあと、すぐに護衛に任命されたってディーンも言っていたなぁ。

寂しそうなシリルの口調から、兄弟仲の良好さがわかる。

俺は微笑ましく思いながらも言う。

「その任務の報告をするって言うから、今朝ドルガドまで送ったんだよ」

「えー、そうなんだ」

シリルはそう相槌《あいづち》を打っていたのだが、突然ハッと息を呑んで顔を寄せる。

「もしかして、兄さんもルリに乗ったの？」

俺が頷くと、シリルは「おぉぉ！」と感嘆の声をあげた。

ほとんどの人は、ルリに乗るのを嫌がる。

そして、乗ったとしても大抵は一度で『もう、いいや』となることが多い。

シリルも一度乗せたことがあるが、空を飛ぶのが相当怖いみたいなのだ。

ルリとしてはゆっくり飛んでいるつもりでも、馬車より速度が出るからなぁ。

実を言うと、ディーンにも一度断られたんだよね。

だけど、イルフォードがいそいそとルリに乗りこんじゃったから、仕方なくディーンも乗って行くことになったのだ。

「僕と違って怖がらなかったんだろうな。今度会った時、兄さんに感想を聞いてみよう」

わくわくしているシリルに、俺は口元を引きつらせる。

「か、感想かぁ。高かったとか、馬より速かったくらいじゃないかなぁ」

シリル、お願いだから聞かないであげてくれ。

イルフォードは空の旅を楽しんでいたが、ディーンはずっと硬直したままだった。何を話しかけても、『あぁ』とか『いや』みたいな短い言葉しか返って来なかったし。

……多分、怖かったんだろうなぁ。

イルフォードみたいに、まったく動じないタイプかと思っていたんだけど。

まぁ、塔《とう》より高い上空を飛ぶなんて経験、普通しないから、余裕がなくてもしょうがないけど。

俺とカイルは互いに顔を見合わせ、コクリと頷き合う。

降りたあと、ディーンがしばらく小鹿《こじか》みたいだったことは、シリルには絶対に内緒だ。

そんなタイミングで、俺やカイルに気がついた同級生や後輩や先輩たちがわらわらと集まってきた。

「フィル君、カイル君。久しぶり。ギリギリの到着だね」

「間に合わないんじゃないかと思いました」

「まぁ、テイラやグラバーのことだから、大丈夫だとは思っていたけどな」

そんな風に、皆から一斉に話しかけられる。

俺はその勢いに圧倒されつつも、はにかむ。

「ご心配おかけしました。ギリギリまで国にいたから、今日になっちゃって」

すると、皆は興味津々といった様子で詰め寄ってくる。

「フィル君、グレスハートに行っていたんだもんね！　帰郷楽しかった？」

「皇太子殿下の婚姻式があったんですよね？　噂に聞いています！」

「俺の親戚が観光に行ったんだが、国民へのお披露目の時に大きな虹が出たらしいな！」

グレスハートの婚姻式の様子は、皆にも伝わっているらしい。

俺のもとに集まってきたのには、再会の挨拶をする目的もあっただろうが、グレスハートの噂についても聞きたかったというのもあるみたい。

「あぁ、うん。婚姻式期間は、国中すごかったよ。もう、お祭り騒ぎ」

「大きな虹が出て、大変盛り上がりました」

俺とカイルがそう話すと、皆はどよめく。

すると、周りを取り囲んでいる生徒たちからも、質問が飛んでくる。

「観光に行った人から聞いたんだけど、大きな劇場ができたんだって？　有名な劇団ジルカが公演しているって本当？」

「新しく共同浴場ができたって聞きました。いろいろなオフロがあるそうですね」

「楽しい屋台街があるって聞いている！」

「新しくできた宿泊施設もすごいって聞いたぞ。楽園みたいだって！　本当なのか、テイラ」

「山神祭りっていうお祭りに、伝説の黒いスープが出たって本当？」

四方八方から飛んでくる質問に、俺は呆気にとられる。

ここは、記者会見場か？

新しくできた観光施設のことから、屋台街や山神祭りのことまで、皆よく知っているんだな。

「あ、えっと、その……」

どれから答えたらよいものかと俺が戸惑っていると、カイルがぴしゃりと言う。

「皆、静かに！」

一瞬で、皆は静かになった。

それを見て、カイルは自分のキャリーケースの上に載っていた大きな革のバッグを開ける。

そこには小冊子が、ぎっしり束になって入っていた。

小冊子をよく見ると、グレスハートのあちこちで無料配布されている、観光ガイドブックだとわかる。

周り以上に、俺がその中身に驚く。

「え！　観光ガイドブック⁉　自分の私物を持ってきたんじゃなかったの⁉」

俺が聞くと、カイルはガイドブックを抱えながら言う。

「もともと俺の私物が少ないのは、フィル様もご存じでしょう。それにこれは、最新版の観光ガイドブックです」

最新版？　初耳である。

カイルは小冊子の束を片手で抱えなおし、もう片方の手で取った一冊を、印籠《いんろう》のように皆に掲げる。

「これはグレスハートの新しい観光ガイドブックです。ここには新しい施設の情報とともに、アルフォンス皇太子殿下のおすすめポイントが載っています」

皆の口から「おぉぉぉぉ」という声が漏れる。

「しっかりマナーを守る人には、特別に譲ってあげてもいいですけど？」

カイルはガイドブックを見せつけながら、周りを取り囲む生徒たちをゆっくりと見回す。

皆は一斉にカイルの前に整列し、一人一人、表彰されているかのような大仰なポーズでガイドブックを受け取っていく。

気になって、俺も鞄《かばん》から一冊拝借する。

開くと、キャラクター化したアルフォンス兄さんが、街にある施設を紹介していた。

キャラクター図案が決まったのは、最近のことだから、それから新しく刷り直したのかな。

もともとのガイドブックには、施設の場所が描かれた地図、イベント情報などが載っていた。

前のものもわかりやすくまとめられていたが、今回のガイドブックにはそこにプラスアルファでいろいろな情報が盛り込まれているようだ。

おすすめのお土産やグッズ紹介、グルメ情報、新施設の楽しみ方などなど。

どの年代が読んでも、興味を惹かれるような内容になっている。

感心しつつページをめくっていると、可愛らしい声がする。

【この本、アルフォンスさまがカイルに渡してくれたのよ】

顔を上げると、カイルの肩にキミーが座っていた。

カイルと仲の良い、闇《やみ》の妖精である。

【なんでかしらって思ったけど、こうなることがわかっていたのねぇ】

腕組みして、感心した様子で頷く。

そうか、アルフォンス兄さんが……。

俺だって新しい施設が注目されているとはわかっていたけど、こんなに反響がすごいとは思わなかったからなぁ。自分の鈍さを反省する。

すると、俺の他にも反省している人物がいた。シリルだ。

「ご、ごめん、フィル君。僕が声をかけたばかりにぃ」

自分が引き留めたせいでこんな騒ぎになったと、責任を感じているみたいだ。

「いやいや、シリルが悪いんじゃないよ」

俺がシリルを優しく宥めていると、それに同意する人がいた。

「そうそう！　オルコットは悪くないぞ！　まったく、いくら気になるからって皆で質問攻めにするとは！」

この声は……。

後ろを振り返ると、予想通りルーク・ジャイロ寮長がいた。そしてその隣には、ライオネル・デュラント生徒総長もいる。

まだ学校が始まっていないのに、二人は制服を着ていた。

すでに生徒総長や寮長として、仕事をしているのかもしれない。

「お久しぶりです。デュラント先輩、寮長」

俺が挨拶すると、寮長は微笑む。

「あぁ、久しぶり。来て早々大変な目にあったな、テイラ」

「久しぶり、フィル君。悪かったね、すぐに対応できなくて。戻ってきたら人が密集していたから、何かが起こっているのはわかったんだが……」

デュラント先輩は、申し訳なさそうな顔をする。

寮長は生徒たちを見回してため息を吐き、デュラント先輩を慰めるように言う。

「仕方ないですよ。事態を把握しようにも、皆の勢いがすごかったですから。しかし、さすがグラバーだな。あれだけ騒がしかった生徒たちを、これほど行儀よくさせるとは」

寮長は腕組みして、深く感心している。

「生徒たちに観光ガイドブックを渡すとは……考えたね」

デュラント先輩がくすっと笑い、シリルが大きく頷く。

「本当ですよね。読めば全部わかるので、聞く必要がなくなりますから」

俺はカイルの鞄からガイドブックを三冊取って、デュラント先輩とシリルと寮長に差し出す。

「よろしければ、どうぞ」

受け取った三人は、さっそくガイドブックを開く。

「わぁ!!　劇場とか、屋台、公共浴場とか……。これって期間限定じゃなくて、毎日営業しているんだよね？　すごいなぁ」

シリルはガイドブックを読みながら、ワクワク顔でそう口にした。

「噂には聞いていたが、こんなにすごいとは思わなかった。これが本当なら、グレスハートは毎日がお祭りだな」

寮長は感嘆の息を吐き、デュラント先輩は微笑みを浮かべながらページをめくる。

「グレスハートの観光事業は、本当に革新的だね。楽しいものばかりだ。兄上がなかなか帰って来ないのもわかる」

セオドア殿下のことだな。来週グレスハートを出立するって言っていたっけ。

そこから船や馬車を使って戻るとなると、ステアに帰ってくるのはもっと遅くなるだろう。

俺はガイドブックを読んでいるデュラント先輩を見上げる。

セオドア殿下がデュラント先輩は俺に懐いていると言っていたけど、本当だろうか。

こっそり窺っていると、デュラント先輩はガイドブックのページをめくって羨ましそうに呟く。

「やっぱり行ってみたいなぁ、グレスハート王国」

少ししてデュラント先輩はガイドブックから視線を上げ、俺のほうを向く。

「長距離の旅行に行けるくらい体力がついたら、フィル君が案内してくれる？」

俺はコクコクと何度も頷いた。

「はい。案内します！」

俺が微笑むと、デュラント先輩は嬉しそうに微笑み返してくれた。

すると、シリルもガイドブックをかぶりつくように読みながら言う。

「僕もグレスハートに行ってみたいなぁ」

しかし、寮長は渋い顔で唸る。

「俺だって同じ気持ちだが……。オルコット、しばらくは無理かもしれないぞ？」

シリルは驚いて、ガイドブックから顔を上げる。

「え！　どうしてですか？」

「この観光ガイドブックを見て行きたいと思うのは、俺たちだけじゃないからだよ」

そう言いながら、寮長は配布された観光ガイドブックを読む生徒たちに視線を向ける。

皆は「劇場行きたい」「共同浴場いいな」「この屋台の食べ物美味しそう」などと、目をキラキラさせて盛り上がっていた。

「……なるほど。ライバルがいっぱいですね。勝てるかな」

シリルは不安そうに眉を下げる。

「行くことができても、次の長期休みだろうし。それまでには、少し落ち着いているんじゃないかな？」

慰めの言葉を口にしたつもりだったが、シリルばかりか俺たちの周りにいた生徒たちまでもが「そうだった」とガックリ肩を落とす。

「失念してた。これから新学期なんだよね」

「行きたくても、俺たちは楽園には行けないのか」

「最短でも次の長期休みまで待つのか……長すぎる」

浮かれムードから一転、じめじめとした空気になっている。

そんな生徒たちに向け、カイルは声を上げた。

「ちなみに、その観光ガイドブックの最後のページには、問題がついています。小冊子をよく読めば解けるようになっていて、正解者には抽選で宿泊券やグッズが当たるそうです」

「「本当に⁉」」

皆の視線が勢いよく集まり、カイルはコックリと頷く。

それを聞いて、生徒たちから歓声が上がった。

アルフォンス兄さんすごいな。小冊子に景品つきのクイズまでつけたのか。

おかげで、落ち込んだ空気が払拭された。

「問題は、各自の部屋で解いてください」

カイルはそう指示を出して、部屋へと上がる階段を手のひらで示す。

「ありがとう、グラバー！」

「感謝するよ、カイル君！」

「カイル先輩、ありがとうございます！」

皆は口々にお礼を言って、ガイドブックを抱えながら階段を上っていく。

走らず、騒がず、整列して行儀よく。

寮長はその様子を見つめ、呆然とする。

「あの野生児たちが……。やはり、テイラとグラバーに寮長と副寮長を引き受けてもらえたら安心なんだけどなぁ」

そう言いながら、寮長はチラリと俺に視線を向ける。

「評価いただき光栄ですが、丁重にお断りします」

以前も引き受けて欲しいと頼まれたが、ちゃんと断っているのだ。

その代わり、困ったことがあったら相談に乗ったり、人手が足りない時はお手伝いをしたりしているわけだけど。

「……どうしてもダメか？」

捨て犬のように見られても、承諾できかねます。

俺はぺこりと頭を下げて、しっかりお断りする。

「寮長、ごめんなさい」

すると、寮長は突然胸を押さえた。

「ぐっ！　心の古傷がっ‼」

こ、心の古傷⁉

「え、大丈夫ですか？」

心配した俺が声をかけると、寮長は胸を押さえたまま恨めしげに言う。

「二度ならず三度も俺を振るとは……、ひどいぞテイラ！」

三度って？　一度目は、前回寮長をお断りした件だよな。

もう一つは今で、あと一つは……。

記憶を辿って、俺はハッと思い出す。

もしかして『寮長恋心事件』のこと⁉

前に仮装パーティーでお姫さまの格好をしたことがあって、寮長がその姿の俺に恋してしまった事件である。

しかし、結局正体がバレてしまい、寮長にトラウマ級のショックを与えちゃったんだよなぁ。

あの件は寮長の中で、二度目のお断りにカウントされているのか？

寮長は俺を指さして、口を尖らせる。

「テイラが上目遣いすると、今でもあの子の残像が見えるんだぞ！」

やはり、あの件だった。

しかも、お姫さまな俺の残像が見えるのか……。改めて申し訳なく思う。

「それは申し訳ないです。でも、上目遣いになってしまうのはしょうがないじゃないですか。寮長より背が低いんですから」

先輩も同級生も後輩も、皆俺より背が高い。

三年生の中で一番背の低い寮長だって、俺より少し背が高いのだ。

俺と視線が合うのは、トーマくらいだろう。

寮長は鬱々《うつうつ》とした顔で、自嘲気味に笑う。

「知ってるよ。俺より小さくて可愛いって思ったのが、好きになったきっかけなんだから」

しまった。きっかけを思い出させちゃったよ。

俺が頭を抱えていると、デュラント先輩が寮長を窘める。

「ルーク、フィル君を困らせたらダメだよ。君のためを思って正体を隠していたのは、ルークだってわかっているだろう？」

「わかってますよ。ただ、古傷が痛んだだけです」

寮長はそう言って、ため息を吐く。

「それに、自分だけ勧誘するのはずるいよ。それで言うならフィル君、生徒会はいつでもフィル君とカイル君を歓迎しているから、気が変わったら言ってね」

デュラント先輩は俺に向かってにっこり笑う。

生徒会にも誘われたことがあって、同じく断ったんだよね。

「わぁ、生徒会と寮長に誘われるなんて、さすがフィル君とカイル君だぁ」

シリルは小さな声でそう言って、感動に震えている。

しかし、俺たちは受ける気はないのだ。

う〜む。学年の後半に差し掛かって、この件を再び持ち出すなんて……。

両者ともに、後継者選びに難航しているのだろうか。

俺がこっそりため息を吐いていると、ガイドブックの配布を終えたカイルが俺の傍に来る。

生徒たちは部屋に戻ったようで、気づけば玄関ホールにいるのは俺たちだけになっていた。

「フィル様、終わりました」

「あ、ありがとう。お疲れ様」

俺が少し疲れた表情のまま微笑むと、カイルは寮長とデュラント先輩にチラッと見て聞く。

「どうかされましたか？」

「また勧誘を……」

そう言っただけで、俺の状況を察したらしい。

「部屋に荷物を置いたら、お風呂に行って、すぐ食事にしましょう」

そんなカイルの優しい言葉に、俺はコクリと頷くのだった。

7

長期休みが終わって、授業が始まった。

今俺らが受けているのは、剣術の授業。

この授業では、生徒たちは担当教諭のワルズ先生が来る前に、各自ウォームアップを終わらせておくことになっている。

走ったりストレッチしたりしたあと、各自で考えたメニューに取り組むという流れだ。

俺は持久力アップのため、走り込みと筋力トレーニングを重点的に行っていた。

三十回重りのついた棒を素振りしたら、ウォームアップは終わり。

俺は、カイルと一緒に使った用具を戻しに行く。

一息つきつつ他の受講生たちを見回していると、鉄アレイを用具入れに戻しに来たシリルが、小首を傾げて尋ねてくる。

「フィル君、どうかしたの？」

「あ、いや、ちょっと……。ライラがいないなと思って」

俺やカイルやシリルと一緒に、ライラも一年の時から剣術を受講している。

女性商人として世界を巡るという夢のため、護身術を身につけたいと考えているのだ。

ライラは授業を休んだことがないし、遅刻をしたこともない。

だけど、ウォームアップしている受講生の中に、ライラの姿が見当たらなかった。

カイルとシリルもあたりを見回したが、俺同様見つけられなかったようだ。

「本当ですね。珍しい」

「うん、ライラさんはいつも僕たちより先に来て『商人は信用が第一！　遅刻なんてもってのほかよ！』って、言っているのにね」

腰に手を当てて、ライラの真似をするシリルに俺とカイルは噴き出す。

ライラの言い方そっくりだったこともそうだが、普段大人しいシリルがおどけたのが意外だったのだ。

俺はなんとか笑いを収めてから、返事する。

「そうだよね。いつも一番乗りだもんね」

「体調不良かな？」

シリルの問いに、カイルが小さく唸る。

「剣術の前の授業も一緒だったが、その時は元気だったぞ」

「うん。顔色悪いとか、そういうのもなかったよね」

先ほど体操服に着替えるために更衣室近くで別れたのだが、確かに特に変わった様子はなかった。

むしろ前の授業でレイにからかわれたことに腹を立てていて『今日はワルズ先生に一撃必殺の技を習いたいわ』などと、物騒なことを言っていたくらいだ。

「何か用事で遅れてるのかなぁ」

俺が小首を傾げていると、俺たちの背後にスッと何かが立った。

「ライラさんは剣術の授業をお休みするそうです」

ボソッと囁かれた低い声に、シリルが「ヒャアッ！」と甲高い声を上げる。

俺とカイルも声こそ出さなかったものの、ビクッと体を震わせた。

この登場の仕方は……。

俺たちが振り返ると、そこにはやはりワルズ先生が立っていた。

「ワルズ先生ぇ……」

毎度のことながら、脅《おど》かさないで欲しい。

ワルズ先生は全身黒ずくめで、長い前髪のせいで目元がよく見えない。

さらに丸く背を屈めているその姿はちょっと陰鬱で、急に現れるとビックリする。

わざとなのかはわからないけど、ワルズ先生はいつも気配を消して現れるんだよねぇ。

本当に、心臓に悪いったらない。

油断していた。普段は気をつけているんだけど、考え事をしていたから気を抜いていたのだ。

「相変わらず、音も気配もない……」

一緒に驚いたカイルも、気づけなかったことを悔しがっている。

仕方ないよ。ワルズ先生、忍者《にんじゃ》みたいだもん。

それはそうと、登場にビックリして聞き逃しそうだったが、ライラが休みとか言わなかった？

「剣術の授業、ライラはお休みなんですか？」

「はい、今日はお休みです」

ワルズ先生は頷いた。

「何かあったんですか？」

「急に体調が悪くなったとか？」

俺とシリルが詰め寄ると、ワルズ先生は少し躊躇《ためら》ったのち口を開く。

「フィル君たちは仲の良いお友達なので、ライラさんを心配しているのですね。わかりました。少しだけ事情をお話ししますね」

そう前置きして、ワルズ先生は背を屈めて俺たちに顔を近づける。

「学校で仕入れているトリスタン商会の荷の件で、担任の先生から連絡が入ったようです。少し動揺している様子でしたので、私が授業を休むよう勧めました。気がそぞろな状態で剣を持てば、怪《け》我《が》しかねませんからね」

確かに、他の教科と違い、剣術はちょっとした気のゆるみも怪我に繋がりかねない。

見学という形での参加も可能だったかもしれないが、お休みさせたのはワルズ先生の気遣いからだろう。

体調が悪いのでないなら良かったが、ちょっとやそっとのことで動じないライラが動揺してしまうほどのことって……いったい何があったんだろう。

「ライラさん、大丈夫かな」

心配そうなシリルの言葉に、ワルズ先生はハッと息を呑む。

「あ、あぁぁ、なんてことだ。安心させるつもりが、余計に心配させてしまうとは……」

まずい。落ち込ませてしまった。俺たちのために教えてくれたんだもんね。

俺とカイルは慌てて、ワルズ先生に言う。

「あ、いえ、話してくれて良かったです」

「授業が終わったら、ライラに聞いてみます」

ここでいろいろ推測していても仕方ない。今は授業に集中しなきゃ。


剣術の授業が終わり、俺とカイルはライラに話を聞くべく、急いで制服に着替えた。

シリルも気になっている様子だったが、これからクラブ活動があるとのことで断念。

ライラに話を聞いて、許可を得られたら事情を話す予定である。

早歩きで移動しながら、俺はカイルに尋ねる。

「ライラはどこにいるかな？　小屋か旧校舎かな？」

カイルは眉を寄せて、低く唸る。

「旧校舎で皆の授業が終わるのを待っているか、もう授業はないから小屋にいるか。もしくは、今日はもう寮に帰って、休んでいる可能性もありますよね」

寮は男子と女子で分かれているため、俺たちは大抵、男女共に入れる場所に集まる。

授業がある時間帯なら、旧校舎にある使われなくなった教務担当室。放課後なら、寮の裏にある小屋に集まることが多い。

教務担当室にはソファとかテーブルが置いてあるので授業の合間とかお昼の休憩時間とかにのんびりするのに、小屋は帰寮の時間までお茶を飲んでお喋《しゃべ》りするのに利用しているのだ。

だけど、ライラは動揺していたっていう話だし、カイルの言う通りもう今日は寮で休んでいるかもしれないなぁ。

「とりあえず一度旧校舎に寄ってみて、いなかったら小屋に行ってみようか」

「そうですね」

そんな会話をしながら歩いていると、ふとカイルの表情が険しくなった。

「ちょっと待ってください。レイが誰かと言い争っている声がします」

「え……レイが？　どこで？」

俺がそう問うけど、返事はない。

カイルはあたりを見回して音の出処を探っているんだ。

俺はその場所が特定できるよう、口を噤《つぐ》む。

少しして、カイルがとある方向を指し示す。

「あっちですね」

そちらには、俺たちが行こうとしていた旧校舎から、少し外れた道がある。

俺とカイルは、すぐさま走り出した。

レイが言い争うって、余程のことだよね。いったい何があったんだ。

も……もしかして、また女の子関係のトラブルとか？

定期的にあるんだよね。レイが女の子に優しくして、その女の子のことが好きな男の子と揉めることが。

レイはただ親切心から行動しているつもりでも、意中の相手にちょっかいを出されると腹が立つものらしい。

ライラ曰《いわ》く『フィル君とかカイル君なら大丈夫だと思うのよ？　二人とも困っている人がいたら、男子でも女子でも関係なく助けてあげるでしょう？　レイの場合は女子か友達限定なのが原因なのよ。そのせいで、男子からの心証が悪いの』とのこと。

うーむ。親切にすること自体は、いいことだと思うんだけどね。

とはいえ、そういった理由であっても、今まではそれが大きなケンカに発展することはなかった。

レイは自分への非難は甘んじて受けるか、相手にせず受け流すことが多いからだ。

なのに、今回言い争っているっていうのは、どういうことなんだろう……。

俺たちが現場に到着すると、そこにはレイとトーマ、ライラとアリス、そして一年生のティオ・ジョイルがいた。

「ティオ、ライラに何を言ったんだよ！」

詰め寄るレイに、ティオは困り顔で首を横に振る。

「何も言っていませんって」

「嘘つけ！　だったら、なんでライラが泣いてんだよ！」

レイはそう言って、ティオの胸倉をつかむ。

そんなレイを、トーマとアリスとライラが止めている。

「レイ、ダメだってばぁ」

「落ち着いて、レイ！」

「勘違いだって言ってんでしょ！」

しゅ…………修羅場《しゅらば》だーっ!!

言い争いって言うから、口ゲンカ程度かと思っていたが、思っていたより事態は深刻らしい。

ティオがライラを泣かせた？　どういうことだ？

いや、そんなことを考えている場合じゃない。今はまず、止めるのが先決だ。

カイルと俺も駆け寄り、レイを羽交《はが》い締《じ》めにする。

「落ち着け、レイ！」

「どんな理由があるにしろ、手を出したらダメだよ！」

剣術も体術もたしなみ程度、殴《なぐ》り合いには無縁のレイだ。

ケンカ慣れしていない人のほうが、手加減がわからないから危ないんだよね。

俺とカイルに止められ、諦めたのかレイはティオのシャツから手を離す。

「フィルが来てくれて、良かったよぉ！」

「どうなるのかと思ったわ」

俺たちの登場に、トーマとアリスが安堵の声を漏らした。

「いったい、何があったの？」

俺が事情を聞くと、アリスが説明してくれる。

「授業が早めに終わったから、フィルたちが通りかかるのを待って小屋に行こうかなって、私とトーマとレイで話をしていたの。そうしたら、ライラとティオが一緒にいるのを見かけて……」

レイがそのあとを引き継ぐ。

「ライラが深刻そうな顔をしているし、泣いているみたいだったから、またティオにちょっかい出されてるんじゃないかと思ったんだよ」

「ちょっかいって、ひどいなぁ」

ティオはシャツを直しながら、嘆息する。

商家の子息であるティオは、いつも身なりがビシッとしている。

『人の印象は、身なりで決まるので。取引をしてもらいたい相手だと思ってもらえるよう、常にしわ一つない清潔感のある服装をするんです』という心がけによるものだと、以前彼が言っていた。

曲がったネクタイも整え、ティオは俺やカイルに向かって微笑む。

「フィル先輩とカイル先輩が来てくださって、本当に助かりましたよ。何も悪いことをしていないのに、殴られたくないですから」

「別に本当に手を出すつもりはなかったさ。正直に話さないから、勢いづいちゃっただけで」

口を尖らせるレイに、俺はため息を吐く。

「手を出さずとも、懲罰《ちょうばつ》の対象になることがあるんだからね」

ティオに怪我をさせていたら、理由があったとしても重い処罰が下ることもある。

「僕は正直に話していましたよ」

肩をすくめるティオを、レイはじとりと睨む。

「じゃあ、なんでライラが泣いていたんだよ。こっちはしっかり見たんだぞ？　こいつが泣くなんて、よっぽどのことだろ！　今度はなんだ？　何したんだ？」

レイに疑われ、ティオはほとほと困ったという顔で天を仰《あお》ぐ。

「だぁかぁらぁ、ライラさんも言っていたでしょう。勘違いしているんですって。ライラさんの目にゴミが入ったから、心配していただけですから。ねぇ？　ライラさん」

助けを求めるティオに、ライラはコクリと頷く。

「そうよ。レイの勘違いなの！」

レイは真偽を確かめるように、ライラの目をじっと見る。

そして、嘘をついていないとわかると、拍子抜けした顔になった。

「なんだ……俺の勘違いなのか。てっきりまた何かティオがライラを困らせたのかと……」

レイが持っているティオの印象って、あまり良くないからなぁ。

以前、ライラには何人か婚約者候補がいた。ティオはそのうちの一人だ。

ティオとしてはトリスタン家に婿入りして、商人として大成したいという野望があったみたい。

だけど、ライラには女性商人となり、自身がトリスタン家の跡を継ぎたいという夢がある。

ユセフさんやベリンダさんは、娘の真剣な思いを聞き入れ、結局婚約の話は白紙になった。

ティオとしては、まだ諦めきれないみたいだけど。

「私もできればあまり関わりたくない相手ではあるけど、今回に限ってはティオは無実なのよ」

キッパリと言うライラに、ティオは恨めしげな顔を向ける。

「謂《いわ》れのない罪を着せられた僕に、関わりたくないって……。ライラさん、ひどすぎません？」

そんなティオに対して、ライラはにっこり笑う。

「だって本心だもの。隠れてこそこそ悪口を言われるより、目の前で言われたほうがマシでしょ？」

ティオはガックリと肩を落とし、深いため息を吐く。

「手厳しい。まぁ、建前ばかりの商人の世界の中で、裏表なく接してくれるだけ良かったと思うべきか……」

落ち込むティオを見て、さすがにレイも罪悪感を覚えたらしい。

「本当に疑って悪かったよ。お詫びになんか奢《おご》るからさ」

今度はティオがレイを疑わしげな目で見る。

「レイ先輩が……僕にお詫びしてくれるんですか？」

レイが自分のことを敵対視しているのを知っているので、約束を守ってくれるのか疑っているのだろう。

「これでも、心から悪かったって思ってるんだ。相手が男でも、約束はちゃんと守るって」

レイは安心してくれというように、自分の胸をポンと叩く。

確かに、レイは意外にも義理堅いところがあるんだよね。

「じゃあ、これから皆でカフェ森の花園に行かない？　まだティオとの話が終わっていないのよ」

ライラは皆に向かってそう言ってから、レイに笑顔を向ける。

「レイには、アリスとトーマ君とフィル君とカイル君の分も奢ってもらおうかしらねぇ。諍《いさか》いを止めてくれたお礼に」

「えぇっ!!　あ〜もう、わかったよ」

ちょっと不服そうにしつつも頷くレイを見て、ライラはくすくすと笑う。

「レイの分は私が奢ってあげるわ。怒ってくれて、ありがとうね」

お礼を言われたレイは、少し照れた様子で「一生、目にゴミ入れんな」とそっぽを向いた。


カフェ森の花園は、初等部に近い場所にある。

内装がメルヘンチックで、可愛らしいドリンクや、美味しいパンケーキなどが人気だ。

利用客は女生徒が多いので、あまり一人では来ない。

ただ、個室があるので軽食を食べる際、時々利用していた。

カフェに入ると、店内のフロア席が生徒で埋まっているのが目に入る。

俺はため息を吐く。

「フロア席が埋まっているってことは、個室は空いてないか」

今は放課後だもんなぁ。授業が終わって、お喋りしてから寮に帰る生徒が多いんだろう。

「場所を変える？」

そうアリスが言ったタイミングで、どこからか「フィル様、ちょっと待ってくださぁい！」と声がする。

「この声は……ボルカさん？」

声がした方向を見ると、ボルカ・イングさんがこちらに手を振ってやって来るところだった。

ボルカさんは俺たちの同級生オルガ・イングのお姉さん。森の花園の料理人さんである。

パンケーキのレシピを伝授して以来、俺を料理の神のように崇拝《すうはい》しているんだよね。

様付けはやめてって言っているのに、毎回忘れるし……。

ただでさえ、フロア席にいる生徒の視線が集まっているのだ。様付けは勘弁してもらいたい。

「あの、ボルカさん。様付けは……」

「あ！　失礼しました。いつもの癖で」

ボルカさんは恥ずかしそうに笑う。

「それよりも、今お席をお探しですか？」

「はい。個室が空いていればなと……。でも、埋まっていますよね？」

俺がフロア席をチラッと見て聞くと、ボルカさんは俺に顔を近づけ、内緒話をするように口元に手を添えて言った。

「あります」

俺は目をパチクリとさせた。

「え、ある？」

こんなに混んでるのに？

ボルカさんは笑顔でコクコクと頷いて、手のひらでどうぞと奥の通路を指した。

彼女の先導で、俺たちは通路を進む。

やがて、ボルカさんは足を止める。

目の前にある扉には、『特別個室（仮）』という札がかかっていた。

「ここ……ですか？」

「特別個室なんてありましたっけ？」

ティオの質問に、ボルカさんはにっこり笑う。

「増設したばかりなんですよ。フィル君のパンケーキのおかげか、カフェ森の花園は学校敷地内のカフェの中で一番売り上げが高いんです。なので、ガーデンテラス席や個室を、少しずつ増やしています」

「それは僕のおかげではなく、皆さんが頑張っているからですよ」

ここのお店はスタッフの接客もいいし、料理も飲み物も美味しい。

そして現状に満足することなく、ボルカさんも新作のデザート作りに励んでいるそうだ。

そんなお店の努力が、居心地のいい場所を作っていて、売り上げという結果に結びついているのだろう。

「いつもありがとうございます」

俺がそう口にして微笑むと、ボルカさんの目にぶわっと涙が浮かぶ。

「ありがとうございますぅ！　フィル様からのありがたいお言葉、皆に伝えますぅ」

祈りを捧げるポーズを取るボルカさんに、ティオとレイは呆然とする。

「すごい。噂通り、神様扱いですね」

「熱狂的な信徒だからなぁ」

「……神様じゃないってば」

そこだけは訂正させて欲しい。


席に着いた俺たちは、運ばれてきた飲み物で、喉を潤す。

飲み物は約束通り、レイの奢りだ。

一息ついたところで、俺はライラに尋ねた。

「実は、ワルズ先生から少し聞いたんだ。トリスタン商会の荷物の件で、連絡が入ったって……」

「何があったんだ？」

俺とカイルが聞くと、レイが驚いた顔でカップを置く。

「トリスタン商会で何かあったのか？」

ライラは真面目な顔で話し始める。

「心配してくれてありがとう。……うちの商会って、ステア王立学校に石鹸とか紙とか、商品を卸しているでしょう？　実は、荷物を学校に輸送している途中に、商人が動物の群れに襲われたそうなの」

「「「え！」」」

俺とレイとアリスとトーマは、揃って声を上げてしまう。

動物の群れ？　野生の動物か、それとも召喚獣なのか。

荷を運ぶ仕事は、危険を伴う。

海賊《かいぞく》や山賊、今回のように動物に襲われるということもある。

だから、こちらの世界の商人たちは、護衛を雇《やと》ったり対抗するためのアイテムを所持していたり、独自のルートを開発したりと、対策を講じている。

そんな商会の中でも、トリスタン商会は特に対策が万全だと聞く。

珍しい品を扱うことの多いトリスタン商会は、他の商会より狙われることが多いからだ。

トリスタン商会専用の輸送ルートを持っているし、大きな取引の際は何人か護衛を雇っているとのこと。危険な場所に赴く際には現地ガイドを雇う場合もあるらしい。

さらに、ライラが女性商人になるために護身術をマスターしようとしているように、トリスタン家の商人になる条件には、ある程度腕が立つことも含まれているそうだ。

そんな努力の元、トリスタン商会は信頼を得てきた。

だけど、ライラに連絡が入ったってことは、なんらかの被害が出たってことだよな。

「あの……襲われた商人さんたちは？」

アリスがおずおずと尋ねると、ライラは慌てて両手を振る。

「無事よ。先生から話を聞いたあとに、報告に来た商人たちに会ったんだけど、全員ピンピンしていたわ。まぁ、襲われた時に荷を全部捨ててきたらしいから、被害総額を考えると頭が痛いけどね」

「そっか。無事で良かった」

俺は詰めていた息を、ホゥと吐き出す。

ライラはトリスタン商会の商人たちを、家族のように思っているからね。

俺たちだって、先日グレスハートにいた時に挨拶したことがあるから、他人事《ひとごと》ではないし。

トーマとレイも、安堵したように言う。

「荷物は残念だったけど、皆が無事で良かったねぇ」

「そうだよなぁ。無事で何よりだよ」

「良かったな。ライラ」

カイルが微笑んでそう口にすると、ライラは嬉しそうな顔でコクリと頷いた。

「知っている商人たちばかりだったし、先生から話を聞いた時は本当に動揺したわ」

家族のように思っている人たちが襲われたと聞いたら、動揺するのは当然だろう。

「まぁ、無事だとは思っていたわよ。積荷は大事だけど、いよいよダメだって時は、積荷を囮《おとり》にして逃げることになっているし。だって、命に代わるものはないもの。とはいえ怪我一つしてないところは、さすがうちの商人たちだと思ったけどね」

誇らしげに胸を張るライラを見て、俺たちは笑う。

「それにしても、動物の群れに襲われるなんて災難だったよね。なんの動物だったの？　群れってことは野生かな？」

俺の言葉に対して、ライラは渋い顔をする。

「タイロンっていう動物よ。おそらく野生ね」

タイロンは、体長三メートルもある牛科の動物だ。

頭に二本の立派な角と、首の周りにライオンのような立派な鬣《たてがみ》を生やしている。

「野生のタイロンは、群れで行動するらしいもんね。けど、基本的に大人しい動物だって聞いた気がする」

俺が前に読んだ図鑑の内容を思い出しながら言うと、トーマが大きく頷く。

「うん。普段はとても温厚なんだ。こちらが攻撃したり挑発したりして怒らせない限りは、襲ってこないはずだよ」

声のトーンを落として、レイが言う。

「本当に野生なのか？　誰かの召喚獣って可能性は？」

俺とトーマは表情を曇らせた。

「動物を使って、襲わせたってこと？」

「タイロンは中級種だし、召喚獣契約も群れ単位じゃない。頭数が多いなら、契約者がたくさんいるってことになるよ？」

動物と召喚獣契約するには、契約する人間のエナというものが必要になる。

契約に必要なエナの量は、能力の高い上位の動物ほど多くなると言われている。

タイロンは中級種で、エナの摂取量が多い。

人のエナの量には限りがあるので、タイロンを召喚獣にするのはせいぜい一、二頭が限界なんだよね。

動物の中には、リーダー格と契約すると一緒に群れを使役できるものもいるけど、トーマの言うように、タイロンはそのタイプではなかった。

レイは眉間にしわを寄せて、唸る。

「ん〜、じゃあ、山賊がタイロンのことを使役している可能性は？」

すると、ライラは首を横に振った。

「商人たちの話では、少なくとも山賊ではないって言っていたわ」

自信のある口ぶりに、レイは目を瞬かせる。

「どうしてわかるんだ？」

「襲われた時に、タイロンに積荷をグシャグシャにされたって言っていたから。山賊が召喚獣にしているんだったら、積荷に傷をつけさせないよう商人たちを追い払うだけなはずよ」

ライラの推測を、ティオも肯定する。

「そうですね。奪った積荷を使うにしても売るにしても、傷がつけば質が下がってしまいますから、マイナスにしかならないんです」

二人の意見を聞いたレイは、腕組みして息を吐いた。

「ってことは、やっぱり野生ってことかぁ。何か神経を逆なでするようなことしちゃったってことかな？」

「ちなみに、どこで襲われたの？」

アリスが尋ねると、ライラはミルクティーを飲んで言う。

「うちはドルガドの北西。トリスタン家専用のルートを通っている時らしいわ」

ライラの言葉を聞いて、レイが反応する。

「うちはってことは、他にも襲われた人がいるってことか？」

その問いに、ティオが小さく手を挙げた。

「先週、うちと取引をしている商会も襲われました。場所は同じ北西ですが、一般の街道を通っていたそうです。その時も今回と同じく、怪我人などは出なかったものの、積荷がダメになったらしいです。トリスタン商会ほど商品を多く積んでいなかったので、被害額はそれほど大きくなかったみたいですけどね」

「その話をうちの商人たちから聞いたから、ティオに詳しい話を聞いていたってわけ」

ライラの説明に、俺たちは『なるほど』と頷く。

「その話をしている時に、風が吹いて、ライラさんの目にゴミが入ったんですよ。それで水飲み場に行って目を洗って、様子をみていたんです」

ため息交じりに、ティオは言った。

あぁ、そういえば、言い争いをしていた現場の後ろに、水飲み場があったっけ。

ティオの説明に、ライラはうんうんと頷く。

「そこに、レイが駆け込んできたのよねぇ。泣いてないって言ってんのに、聞かないし」

「何も悪いことしてないのに……」

ティオはそう言いながら、レイをじっと見つめる。

完全なる濡れ衣だから、まだティオの怒りは収まっていないみたい。

「わ、悪かったって。だからこうして奢ってるじゃん。さぁ、飲んで飲んで」

レイはへらっと笑いながら、ティオの前にあるアイスハーブティーを勧める。

ティオはそれを一口飲んで、何かを思い出したようにライラに尋ねる。

「ライラさん。うちの取引先が扱っていた荷は籠《かご》バッグだったんですけど、トリスタン商会がその時運んでいたのは何だったんですか？」

「その時は紙を運んでいたらしいわ」

ライラの返答に、俺は首を傾げる。

「紙？」

ステア王立学校は学問の街というだけあって、紙を取り扱う問屋さんも多い。

昔ながらの羊皮紙《ようひし》から、用途別に作られた植物紙。ステアの街には、すでにいろいろな紙がある。

ステアにもすでに紙はあるのに、わざわざ輸入するの？

俺が不思議そうにしているのを見て、ライラはくすっと笑った。

「ステア王立学校の図書館から依頼されて、うちが開発した新しい紙なの。丈夫で破れにくくて、防虫効果もあって、何より紙なのに燃えにくいのよ！」

ライラは販売員のように、スラスラとセールスポイントを口にした。

俺たちはそれを聞いて、「おぉぉ」と感嘆の声を漏らす。

「防虫もだけど、燃えにくいっていうのはすごいねぇ」

感心するトーマに、ライラは胸を張る。

「でしょ！　経年劣化に関しては、事務用の仕事で実際に使ってもらいながら試してもらう予定になっていたんだけど――」

ライラはそこで言葉を切ると、ガックリと肩を落として大きなため息を吐く。

「まさか、全部なくなっちゃうなんて……」

経年劣化の試験をクリアして、契約をまとめることができたら、かなり大きなビジネスチャンスになるよね。

ステア図書館で使われるようになったら、他の図書館や紙を使う場所からも依頼が来るだろうな。

そう考えると、ライラがここまで残念そうにする理由もわかるというものだ。

「う〜ん。倉庫にある分を出すとして、新しく作り直さないといけないわよね。材料のコルフ草、足りるかなぁ……」

ライラは腕組みをして、そんな風に唸ったりブツブツ言ったりしている。

……って、ちょっと待って。今、コルフ草って言わなかった？

コルフ草って、泥田の近くで大量発生しているあれだよね？

「材料にコルフ草を使っているの？　ドルガドの火山付近に生えているっていう？」

俺が驚きつつも聞くと、ライラは頷いた。

「そう。よく知っているのね。でも、普通のコルフ草じゃないわよ。特別な育て方をしたものなの。それによって通常の紙より高性能になっているから、これ以上コルフ草について詳しくは話せないわ」

ライラはいたずらっぽく笑って、唇に人差し指を当てる。

それを聞いて、俺とアリスとカイルは顔を見合わせて落胆した。

「あ～……そっか。一口にコルフ草っていっても、全てが同じってわけじゃないんだ」

土の成分によって紙質が変わるから、育つ環境によっては別物になってしまうってことか。

そんな風に納得していると、レイが尋ねてくる。

「なんだ？　三人とも見るからにガッカリして。どうした？」

尋ねるレイに、カイルが説明する。

「前にディーンさんと会ったと話しただろう。その時に泥田の周りに草が生えていて、除草に困っていたと……」

そこまで話を聞いて、トーマはポンと手を打つ。

「あ、その生えていた草っていうのが、コルフ草なの？」

アリスと俺は、コクコクと頷く。

「そうなの。もしコルフ草が必要なら、そこの草を使ってもらえればと思ったんだけどね」

「別物だったら使えないもんなぁって思って」

それを聞いて、ライラは悔しそうな顔で言う。

「くぅっ！　使えないなんてもったいないわぁ。何かに活用できないのかしらねぇ」

「ライラのもったいないは、道端の草も対象になるのか」

そう口にしたレイの顔は引きつっている。

それを横目に、ティオは拍手を送る。

「さすが、ライラさんですね」

「紙に使えたら一番いいんだけどねぇ。たくさん紙を作らないとだもの」

ライラは肩をすくめて、ため息を吐く。

カイルは真面目な顔で、ライラとティオに聞く。

「話を戻すが、襲撃事件は立て続けに起こったんだよな？　トリスタン家やティオの取引先の商会は、対策を立てる予定があるのか？」

二人は、腕組みをして低い声で唸る。

「荷を運ぶ際には、危険がつきもの。事故や事件に巻き込まれることも、想定内ではあるのよ。だから、被害が大きかったり、何度か起こるようならそれに対する対策を立てるという流れになるんだけど……」

ライラがティオに視線を向けると、彼は口を開いた。

「取引先の商会は、前回初めて起こった事件だということで、野生動物が起こした不慮の事故だと考えているようです。だから、特に対策を立てる予定はなさそうでした」

「でも、二回起こったってことは、また起こる可能性があるわよね。ただ、原因がわからないと、どういう対策を取るべきかも考えようがないし……」

ライラはそう言うと頭を抱えて、大きくため息を吐いた。

「事件はドルガドの北西で起こってるんだから、原因がわかるまではそこを通らないようにルートを変更するしかないんじゃないか？」

レイの言葉に、ライラは頭を抱えたまま机に突っ伏す。

「あぁぁ、最近ステアに納品するものが多いのよぉ。ルート変更による輸送時間の遅れは、かなり痛いぃぃぃ」

嘆くライラの背を、アリスが無言でそっと撫でる。

俺としても、他の案が思い浮かんでいないから、どう声をかけてあげたらいいかわからない。

独自の輸送ルートのおかげで、トリスタン商会は業界トップの商会でいられるのだ。そう簡単にルートは変更したくないよね。

でも、現実的に考えれば、レイの案を採るしかないんだよなぁ。

次に同じことが起こった場合、積荷の被害だけでなく、怪我人が出ないとも限らないし。

それは、当主のユセフさんだって避けたいだろう。

「せめて、本来大人しいはずのタイロンが、積荷を襲う理由がわかればなぁ」

俺が腕組みして考え込んでいると、トーマも同じポーズで唸る。

「いつもと違う行動を取る理由かぁ」

すると、カイルは声のトーンを落として言った。

「魔に落ちかけている可能性は？」

それを聞いて、レイが息を呑んで、身を乗り出す。

「そのタイロンたちが、魔獣になりかけてるってことか⁉」

「あくまでも可能性だけどな。通常と違う行動を取ったり、狂暴化しているって聞いたから」

カイルの推測に、俺は考え込む。

非道な行いを繰り返した獣の精神が魔に落ちることで、『魔獣』へと変化する。

その性質は残忍で、凶暴。強大な力を手に入れる代償として、自我を失う。

動物と話せる俺が、唯一対話できない相手だ。

俺たちがこれまで遭遇《そうぐう》した魔獣は、大蜘蛛、山犬、ボルケノ。

魔に落ちた魔獣は強さを求め、自らの体を変化させたり、属性能力を特化させたり変質させたりするからやっかいなんだよね。

大蜘蛛の魔獣は体を大きく硬く変化させていたし、山犬の魔獣は大きさは変わらないものの属性能力を強化していた。

ボルケノは体を三倍くらい大きく変化させた上に、能力を強化した上で変質させていたっけ。

肉食の動物が魔獣化する傾向が強いようだが、周りにいる動物までも感化されて魔獣化してしまうこともあるので、小型から大型まで様々な動物が魔獣になりうる。

山犬も、あのまま放っておいたら群れごと魔獣化するところだった。

魔獣化する前なら、本元の魔獣と引き離せば元の性質に戻るみたいだけど、一度魔獣になってしまえば、元の性質には戻らないため討伐対象となる。

魔獣は聖属性でしか消滅させることができないから、主にクリティア聖教会が討伐している。

彼らは強力な結界を作ることができ、信徒には聖属性の動物を召喚獣にしている人が多いのだ。

俺は光の鉱石で『聖光』を、水の鉱石で『聖水』を生み出して魔獣を消滅させることができるけど、それはかなり特殊な方法なんだよね。

それだってコクヨウやヒスイやカイル、召喚獣たちの助けがあってできることだから、決してお勧めできない。

俺は眉を寄せながら、呟く。

「魔に落ちかけてる……かぁ。確かに完全に魔獣化していたら、もっと被害が大きいはずだもんね」

それこそ積荷だけの被害ではおさまらないだろう。

そう俺が納得していると、ライラが言う。

「魔に落ちかけている状態だとしても、群れで行動しているとしたら、かなり危険じゃない」

見ると、ライラの顔は青ざめている。

レイはゴクリと喉を鳴らす。

「クリティア聖教会によれば、魔に落ちかけている動物の近くには、本元の魔獣がいる可能性があるそうだぞ」

山犬討伐の時に『魔獣に感化されて魔に落ちる動物がいる』ということを、クリティア聖教会の人たちに情報提供した。その情報は、友人である大司教ラミアによって世界に拡散されていて、今では常識となっているのだ。

「今回の事件が魔獣に関連しているとしたら、クリティア聖教会が動くんじゃないですかね？」

そんなティオの言葉に、カイルが少し渋い顔で言う。

「だが、あのあたりは民家がない。すぐには動いてくれないんじゃないか？」

俺はコクリと頷く。

「動いてくれたとしても、まずは調査からだろうね」

クリティア聖教会だって、トリスタン商会には当然お世話になっている。

そのトリスタン商会が絡んだ事件となれば、即座に対応してくれる可能性はある。

しかし、まだ原因が魔獣だと断定されていない今、すぐに討伐隊は出てこない。

調査してから動き出すことになるだろう。

「つまり、魔獣関連であってもなくても原因究明が必須で、時間がかかるのねぇ」

ライラはげんなりとした表情でそう呟いて、天井を見上げる。

「とりあえず、ユセフおじさんからクリティア聖教会に魔獣関連かどうかの調査依頼を出して、依頼が終わるまではルート変えるしかないんじゃないか？」

レイの提案に、ライラは「あう～」と唸りながら顔を覆った。

【魔獣か。フッ、面白い話をしているな】

楽しそうな声に、俺はいやいやと首を横に振る。

全然、面白くなんかない。こんなことを面白がるのは、コクヨウくらいで——。

「……ん？」

空耳か？　今、コクヨウの声がした気がしたんだけど。

俺はきょろきょろとあたりを見回す。

「どうかしましたか？」

ティオに聞かれて、俺はあたりを見回しながら言う。

「いや、なんでもない……」

気のせいだよな。だって、今は部屋でお留守番《るすばん》させているはず——。

【ここだ、ここだ】

声は窓の外から聞こえる。

「えっ！」

ガバッと身を乗り出して外を覗き込むと、コクヨウが芝生のところにちょこんとお座りしていた。

「コクヨウ!?　何してんの？」

俺の言葉に、トーマやアリスたちも窓の外を覗き込む。

「え？　コクヨウ？」

「あ、本当。コクヨウさんがいるわ」

アリスが窓を開けると、コクヨウはピョンと跳んで部屋の中に入ってきて、テーブルの上に着地する。

「お留守番しててって、お願いしたよねぇ？」

俺が眉を寄せると、コクヨウはティーカップを器用に避けて歩きながら言う。

【気分転換も必要だからな】

そう言って、ニヤリと笑う口元には、何かがついていた。

俺はそれを摘《つ》まんで、絶望する。

「……パンケーキの食べかすだ」

どこで食べて来たんだ。まさか、盗み食いしたんじゃないだろうな？

俺が慌てて再び外に目をやると、テラス席の女の子たちがこちらを見て手を振っていた。

見たことがある顔だ。確か、中等部三年の先輩方だっけ。

「もしかして、あの先輩たちにもらったの？」

俺がジロッと睨むと、コクヨウはこくりと頷いた。

仕草で何が起こったのかを察したのだろう、レイが笑い出す。

「あははは、コクヨウやるなぁ」

笑いごとではない。俺の知らないうちに部屋を抜け出し、おやつをもらっているなんて……。

俺がじとりと睨むと、コクヨウは悪びれもせず口元をペロリと舐めて言う。

【彼奴《きゃつ》らは、フィルのファンクラブとやらに入っている者らしい。お前の代わりに、献上品をもらってやったぞ】

俺のファンクラブの先輩……。あとでお詫びと、お礼をしないと。

先輩方の顔をしっかり覚え、テーブルの上のコクヨウを確保する。

「いつももらっているとかじゃないだろうね？」

【それにしても、ずいぶん面白そうな話をしていたな。魔に落ちかけた、タイロンとやらの群れが

いるとか】

くっ！　話をそらされた。

問い詰めたいところだが、ティオのいる前ではそれもできない。

先にこの場を退出するか……。いや、まだ話の途中だしな。

そんな風に悩んでいると、コクヨウは抱っこされたまま俺に話しかける。

【よし、フィル。そのタイロンとやらを見に行くか！】

「は……」

思わず『はぁ!?　コクヨウ何言ってんの』と言いかけて、俺はぎゅっと唇を引き結ぶ。

その間にも、コクヨウは二本の尻尾をフリフリしながら言う。

【最近、刺激が足りず、平和ボケしそうだったのだ。魔獣か……なかなかいい暇つぶしになりそうだ】

尻尾を振って楽しげなコクヨウの姿に、トーマとライラはほっこりした表情を浮かべる。

「わぁ、なんだかコクヨウ楽しそう。フィルに会えて嬉しいのかな？」

「ケーキをもらえたから嬉しいのかもよ？　それにしても、可愛いわぁ」

違う。可愛いのは否定しないが、ほっこりしている場合じゃない。

めちゃくちゃ物騒なこと言ってるんだよ。

コクヨウの言葉を理解できるカイルは、顔を蒼白にしている。

【明日は休みなのだろう？　ちょうど良かったな】

コクヨウはすっかり乗り気である。

いやいやいや、タイロンがもし群れで魔に落ちかけているのであれば、俺の手に負えないかもしれない。下手に手を出すべきではないと思う。

帰ったらしっかり説得しなきゃと思っていると、腕の中で可愛い顔をした悪魔が囁いてくる。

【聖教会がいつ調査に来るかわからんが、もし魔に落ちかけている動物がいるなら、すぐさま対処したほうがいいんじゃないのか？】

いやいや、コクヨウの言葉に惑わされたらダメだ。

そう思うのに、コクヨウは尻尾をフリフリしながら、なおも囁く。

【群れで魔獣化してしまえば、被害は甚大《じんだい》。消滅させるのにも時間がかかるだろうしなぁ】

いや、それはそうなんだけども、でも……。

【我としては群れになった魔獣も見てみたいが……。ライラは困るのではないか？　先に確認だけでもしたほうがいいのではなかろうか。なぁ、フィル？】

コクヨウは可愛い顔で、下から俺を見上げる。

い……いや……、だけど……でも……でもぉ……。

8

カフェで話し合った、次の日。

俺とカイル、コクヨウとヒスイは、ルリに乗って空を飛んでいた。

出発したのは日が昇る前だったのでまだ暗かったが、今は山際から太陽が顔を出している。

【うむ、雲《くも》一つない快晴《かいせい》だな】

ルリの背にちょこんと座って、コクヨウが満足げに言う。

二本の尻尾を振って、とってもご機嫌な様子だ。

「……なんで北西に向かっているんだろう、僕たち」

方向からお察しの通り、今向かっているのは例のトリスタン商会の馬車が襲われた場所だ。

結局、コクヨウに言われるまま、様子を見に行くことになったのである。

「どうしてこうなったんだ」

頭を抱える俺に、カイルは躊躇いつつ口を開く。

「コクヨウさんの言葉に、フィル様が流されてしまったからだと思います」

……そうだよね。説得しようと思ったのに、論破できずに流されてしまった。

ヒスイは少しつまらなそうに呟く。

【コクヨウったら、せっかくのお出かけなのに魔獣探しなんて。せっかくのお出かけなら、ピクニックに行きたかったですわ】

「僕もそれが良かった」

絶対にそっちのほうが楽しかったと思う。

コクヨウはそんな俺たちの会話に聞こえないふりをしているのか無視しているのか、前を向いて尻尾を振ったままで何も答えない。

「コクヨウ、様子を窺うだけだからね？　もし魔獣化寸前の動物たちの群れがいたら、引き返してすぐにラミアに連絡を入れるから」

大きい声で俺がそう言うと、ようやくコクヨウは尻尾を振るのをやめて振り返る。

【それこそクリティア聖教の者どもでは相手になるまい。そうなった場合、奴らにできるのはせいぜい周りを結界で囲う程度だ。その点、お前は鉱石の力で、広範囲を浄化できる。クリティア聖教の者どもが束になっても、お前の浄化力に敵わんだろう】

俺への評価が高いことを喜んでいいのか、悪いのか。

浄化できる力はあっても、魔獣には会いたくないんだよぉ。

俺はガックリと項垂れ、ため息を吐く。

でも、ここまで来てしまったからには、ちゃんと確認しないといけないよな。

トリスタンの商人さんたちには普段からお世話になっているんだから、力になりたい。

俺は顔を上げて、あたりを見回す。

西のほうを見ると、幾つかの火山がある。

その山肌は赤茶けていて、植物が生えていない。

だが、山裾に近いところからだんだん木や草が増えていき、下は樹海が広がっている。

そこを東に抜けると一般の人が通る街道があり、さらにその先には街や村があるのだ。

「あの山が、この前噴火したのかな？」

一番大きな火山から、噴煙が立ちのぼっていた。山頂から山裾にかけて、冷え固まった黒い溶岩の跡も見える。

俺が指さした先を目で追って、カイルは頷く。

「そうでしょうね。あ、フィル様、あそこにある沼って、ディーンさんたちが言っていた泥田じゃありません？　谷の向こう側です」

言われて目を細めると、少し先に峡谷があり、その向こう側の森の中にぽっかりと開けた場所があるのが見えた。そこには、色の違う三つの沼がある。

「ルリ、ちょっと止まってくれる？」

【は～い！　了解です】

灰色の沼、赤茶色の沼、黒っぽい色の沼。その三つの沼の周りに黒っぽい草が生えている。

おそらくあそこがディーンたちの言っていた沼だろう。それにしても……。

「黒い草って、結構不気味だね」

俺が呟くと、カイルが沼を見ながらコクリと頷いた。

「草を抜いた形跡もありますが、全体に比べるとごく一部しか除去されていないようですね」

「アリスが『コルフ草は繁殖力が強い』って言っていたもんね」

もしかしたら、少しでも草の抜き漏れがあったら元通りになってしまうのかもしれない。

剣みたいに鋭い葉だったから、そもそも抜くこと自体に時間がかかるだろうし。

「タイロンを確認して時間があったら、草むしりの手伝いに行こうかなぁ」

俺がそんなことを呟いていると、コクヨウがフンと鼻を鳴らす。

【それよりも、タイロンに襲われたのはどこだ？】

コクヨウにせっつかれて、カイルは懐に入れていた地図を取り出して広げる。

「まず、ティオの言っていた商会が襲われた一般の人が使う街道は……あのあたりですね」

そう言って、今いる地点から少し東側を指す。

上空から見ると、その道は少し蛇行《だこう》しながらドルガドの街へと続いているのがわかる。

「トリスタン商会のルートは、おそらくもっと直線的ですよね」

トリスタン商会の専用ルートはさすがに教えてもらえなかったので、推測で探るしかない。

「多分、樹海側だろうね」

樹海のほうには、あまり人が立ち入らない。

ルートを確保するのは難しいだろうが、作ってしまえばかなりショートカットできるだろう。

樹海の上をルリに低空飛行してもらいながら、俺たちは痕跡を探す。

すると、コクヨウが何かに気がついたようで、スックと立ち上がった。

【ルリ、左へ行ってみろ】

【は、はい!!】

言われた場所にルリが向かうと、突然コクヨウはルリの頭から飛び降りた。

「えぇぇ！　ちょっ！　コクヨウ！」

慌てた俺が下を覗くと、コクヨウは大きな木の先端に降り立つところだった。

コクヨウはさらに枝を渡りながら、下に降りていく。

もぉぉ！　すぐ単独行動するんだからぁ。

「ルリ、お願い。コクヨウのあとを追いかけて」

俺たちが下に降りていくと、上からは木々で見えなかったが、馬車一台が通れるくらいの道があった。

その道の真ん中にある瓦礫《がれき》の上で、コクヨウがお座りしている。

「急に飛び降りたら危ないよ。ビックリしたじゃないか」

俺が言うと、コクヨウは鼻で笑う。

【あの程度の高さで、我がどうにかなるわけなかろう。それより見てみろ】

コクヨウはそう言って、タシタシと足踏みする。

足の下をよく見ると、瓦礫だと思っていたものは荷馬車とホロの一部の残骸《ざんがい》に見える。

ビリビリに破けている布に、マークが描かれていた。

「あ、トリスタン商会の紋章だ」

「ということは、ここが襲われた現場ですね」

ヒスイはふわりと飛んで、あたりを見回す。

【まぁ、これがタイロンの群れのせいですの？　ひどいですわね】

道やその両端に、積荷の箱や、荷馬車の残骸が散乱していた。

地面に紙片が散らばっているけど……ライラが言っていたコルフ草製の紙だろうか。

ヒスイの言う通り、想像以上にめちゃくちゃだ。

俺は転がっている積荷の箱を覗き込んで、中身を確認する。

「中身は全部空っぽだね」

「積荷を真っ先に襲ったと聞きましたし、タイロンたちは積荷の中身を狙っていたんでしょうか？」

カイルの言葉に、俺は首を傾げる。

「紙が目的？　でも、ティオの知り合いが積んでいたのは籠バッグだったよね？」

「その二つに共通点があるのかもしれません」

共通点、か……。

俺が考え込んでいると、周囲を検分していたコクヨウが、こちらに戻ってきた。

コクヨウは、フンと面白くなさそうに鼻を鳴らす。

【目当てのタイロンがいないな。匂いの痕跡が残っているから、まだ近くにいると思ったのだが……】

「着いて早々、いきなり会いたくないんだけど」

俺はそう口にして、ため息を吐く。

会うにしても、心の準備っていうものが必要だよ。

それにしても、本当に静かだ。聞こえてくるのは木々のざわめきと小鳥のさえずりばかりで、大きな動物が動く音は聞こえない。

まるで嵐の前の静けさのような——。

その時、ドドドドドドと小さな音とともに、微かな振動が体に伝わる。

俺とカイルがあたりを見回していると、コクヨウの目がキラリと光る。

【タイロンだな！】

それを聞いたカイルは、即座に地面に耳をつけて、それから俺を見上げた。

「ここからは少し距離がありますね。方向的に、街道の近くを移動しているのだと思います」

街道ってことは、もしかしてまた誰かが襲われようとしているってこと!?

俺は慌てて指示する。

「ヒスイ、お願い！　街道に誰もいないか、様子を見てきてくれる？」

【かしこまりましたわ】

ヒスイの返事を聞いて、俺たちはルリの背に飛び乗る。

「ルリ、タイロンを上から探すの、手伝ってくれる？」

【了解です！】

ルリは元気よく答え、上空へと浮き上がった。

地面からの振動はわからなくなったが、音や空気の振動は伝わってくる。

音が聞こえる方向へと向かって移動していると、木々の間から首の周りに鬣をたくわえた、赤茶色の大きな牛たちが見えた。それらは、一直線に街道へと向かっている。

「やっぱりタイロンだ」

「立派ですね」

地響きをあげながら移動するタイロンに、俺とカイルは息を呑む。

三十頭から四十頭はいるだろうか。

タイロンの体長はおよそ三メートルと、かなり大きい。

情報は頭に入っていたけど、想定していたよりも迫力がある。

首の周りにあるオレンジ色の鬣はたっぷりとボリュームがあり、体付きもゴツゴツとしていて筋肉質だ。

二本の大きい角で突かれたら、ひとたまりもないだろう。

これが魔獣化しかけているとしたら……。

最悪の事態を想像するだけで、背筋がゾクリとする。

「とにかく止めて、話をしてみないと……」

蹄の音がうるさすぎて、魔獣かどうか確認しようにも対話どころではない。

【我が、奴らを止めてみるか？】

コクヨウの発言に、俺は驚いて聞き返す。

「ちなみに、どんな方法で止めるつもりなの？」

【あの先頭にいるのが、おそらく群れのリーダーだ。あやつを蹴散らせば、皆怯むだろう】

コクヨウがニヤッと笑って口にした言葉に、俺は呆気にとられる。

「魔獣化しかけているかの確認すらしていないのに、許可するわけないじゃん」

時間がない中で、話を聞いてみたけど……聞くだけ無駄だった。

【じゃあ、どうするのだ】

不服そうにコクヨウは聞いてくる。

俺はタイロンを見つめ、額に滲《にじ》む汗を拭う。

「とりあえず、通せんぼするしかないでしょ」

そう言って、鉱石のブレスレットがついている手を、地上に向けた。

今回は加減する必要もないから、全て漢字で発動しよう！

「土壁っ！」

その途端、地面が盛り上がり、森の木々を巻き込んで長い土壁が構築される。

高さ三メートル、厚さ三十センチの土壁が、タイロンの進行を阻む。

「なるほど。いい足止めですね」

感心するカイルに、俺はコクリと頷く。

走ってきたタイロンたちは、突然現れた土壁を前にスピードを落とす。

俺はそのタイミングで、タイロンに向かって叫んだ。

「タイロンの皆、止まってっ！　話をしよう！」

不安だったが、先頭のタイロンと、その他何頭かがこちらを見上げてくる。

【話……だと？】

タイロンが声に反応した!!

「街道の商人を襲うつもりなの？　どうしてそんなことをするのか、理由が知りたいんだ！」

俺の言葉に答えたのは、先頭のタイロンだった。

【理由など語ったところでどうなる！　我らは突き進むのみ！】

その言葉に続き、それ以外のタイロンたちも「ブゥオオオ！」と声をあげる。

「すごく興奮していますね。やはり魔獣化しかけているんでしょうか？」

カイルの問いに、俺は困惑しつつも首を横に振る。

「多分だけど、魔獣化ではないと思う」

魔獣になりかけている動物は、自我を失いかけているからか、あまり会話にならない。

しかし興奮してはいるものの、タイロンとは会話が成立している。

コクヨウも俺と同じ意見なようで、面白くなさそうに鼻息を吐く。

【なんだ、ハズレか】

「ハズレでいいんだよ。だけど、魔獣化していないなら何が理由で――」

俺がそう呟いた時、ドォンッという音が森に響き渡り、森にいた鳥たちが一斉に木から飛び立った。

タイロンたちが土壁に向かって頭突きをし始めたのだ。

まさか、突っ切るつもりか!?

街道に行くにしても、壁を回り込むしかないだろうし、時間が稼げると思っていたのに……。

「あぁ！　忘れてた！　タイロンって頭突きし合ってケンカするくらい、頭蓋骨《ずがいこつ》が丈夫なんだ！」

俺の嘆きに、カイルが納得する。

「そのようですね。すでにあの分厚い壁が綻び始めていますよ」

ヒスイが戻ってきたら、蔦《つた》で捕縛してもらうか？

いや、ダメだ。タイロンは火属性。

追い詰められたタイロンが、群れで火を放ってきたら、対処できるかわからない。

俺は仕方なく、先ほどより強固な土壁でタイロンの群れを囲う。

「街道に商人さんたちがいるなら、せめてこの間に逃げてくれればいいんだけど……」

すると、街道を見てきたヒスイが、目の前に現れた。

「あ、ヒスイ！　どうだった。やっぱり、街道に商人さんたちいた？」

俺が聞くと、ヒスイは困った顔で首を振る。

【はい。しかも荷馬車の車輪が壊れて、動けなくなっているみたいです】

なんてこった。こんな時に限って、荷馬車が故障しているだなんて。

俺は少し考えて、ルリに向かって言う。

「よし！　ルリ、街道へ行ってくれる？　まずは商人さんたちを安全なところに避難させないと」

【はい！　わかりました！】

ヒスイの先導で、俺らは移動を始める。

俺が急いでいるのがわかったのか、ルリはいつもよりも速い速度で飛んでくれている。

ふ、吹き飛ばされそう。でも、今は一刻を争う。

ルリの背に必死にしがみついていると、あっという間に街道に到着した。

石畳《いしだたみ》が敷き詰められたような街道は、並木道になっている。

ヒスイが言っていた通り、街道の中央で、車輪が外れた荷馬車が立ち往生していた。

荷馬車は思ったより小さく、運ぶ商人も二人だけのようだ。

「ダメだな。直りそうにない」

「街に行って、荷台を借りてくるか」

二人の商人は、そんなことを話している。

荷馬車を引く馬は召喚獣だったようで、すでに召還を解いたのか近くにいなかった。

うん、二人を避難させるだけなら、簡単そうだな。

【フィル様、まずはあの二人を木の上に避難させますか？】

ヒスイに聞かれて、俺は頷きかけるが、少し考え込む。

助けるのは、彼らだけでいいんだろうか。

荷馬車や積荷が損壊したら、商人たちは困るはずだ。

最終的には命を優先するとライラは言っていたが、積荷だって彼らが生きていくためには大事なものだし。

「ヒスイ、荷馬車ごと上げることってできる？　例えば並木の木と木の間に蔦をかけて荷馬車を吊《つ》るとか」

【荷馬車ごと、ですか？　……やってみますわ】

ヒスイは一瞬驚いた顔をしたが、すぐに頷いて荷馬車の上空に向かう。

すると、積荷を下ろそうとしていた商人たちが、上空にいる俺たちに気づいた。

そして、口をあんぐりと開ける。

「なっ、なっ、なんだ、そ、空に人間が！」

「幻覚でも見てんのか⁉」

二人は互いの体にしがみつき、あわあわとしている。

「怪しい者ではありません。今ここにタイロンの群れが向かっているんです。一旦、荷馬車とお二人を蔦を使って木の上に避難させるので、驚かずにじっとしていてください」

そう説明するも、あわあわしている二人の耳には届かなかったようだ。蔦が体に巻き付き始めると悲鳴を上げる。

「ひぃぃぃぃ！　蔦がっ！」

「蔦がからまるぅぅ‼」

あぁ、めっちゃジタバタしている。

ルリに乗せれば良かったか。しかし、大人しく乗ってくれる保証もない。

仕方なく、俺とカイルが優しく宥める。

「落ち着いてください」

「避難させたいだけですから」

ちゃんと説明して納得させてから避難させたいが、今、そんな時間はない。

すでに土壁を突破したのか、タイロンの足音が近づいてきている。

ヒスイは暴れる二人をひとまず置いて、荷馬車を先に上にあげることにしたようだ。

左右の並木の幹の高い位置に十数本の太い蔦を絡ませ、しっかり固定してから荷馬車へと蔦を伸ばした。

一度荷馬車の下側に蔦を引っ掛けて上に上げようとしたが上手くいかず、ヒスイは荷馬車全体を蔦でしゅるしゅるととぐろを巻くヘビのように包み込む。

それから荷馬車はゆっくりと上へ引き上げられ、頭上遥か高い位置に固定された。

ジタバタと蔦から逃れようとしていた商人たちは、ようやく荷馬車の状態に気がつき頭を抱える。

「捕まっている間に、積荷と荷馬車がぁぁ」

やっぱり全然説明が届いていないな。

「ですから、安全が確認できたら元に戻しますので――」

そう話していると、葉や枝に塗《まみ》れたタイロンの群れが、鼻息荒く街道に突っ込んできた。

思っていたより早く到着したな。

タイロンたちは血の気の多い闘牛のように、蹄を石畳に打ち付ける。

そしてあたりを見回し、怒り狂ったように鳴いた。

「ブゥオォォ！」

道の真ん中に取り残された商人たちはそれを聞いて、慌てふためく。

「タ、タタタ、タイロン⁉」

「神様ぁ！　もうダメだぁっ！」

タイロンたちは、商人たち目掛けて駆け出した。

コクヨウはルリの上から地面に降り立つと、タイロンたちに向かって咆哮《ほうこう》する。

見た目は小さい子狼のままだが、流石は伝承の獣・ディアロス。

すごい迫力だ。

その声に、タイロンたちは怯み、足を止める。

「ヒスイ、今の内に！」

俺の合図で、ヒスイは商人たちを一気に木の上へと持ち上げる。

「「ぐぉっ！」」

その衝撃で、商人たちはカエルのような声を出していた。

俺もヒスイにやられたことがあるが、急に引っ張られるとゆっくりでも結構お腹に負荷がかかるんだよね。

木の上の枝に乗せられた商人たちに、俺はルリに乗ったまま近づき声をかける。

「大丈夫ですか？」

「あぁ、天の御使《みつか》い様だ。ここは天の国かぁ」

「死って呆気ないもんだなぁ」

衝撃でぼうっとしているのか、商人たちはふわふわした表情で自嘲気味に笑っている。

……もしかして、自分たちが死んだと思っている？

カイルは彼らを見て、小さく唸る。

「いきなりいろいろなことが起こったので、勘違いしているんですかね」

商人たちは太い枝の上で器用に膝を抱え、ため息を吐く。

「タイロンに当たって死ぬなんて、本当についてない」

「今思えば、宙に浮いていた女の子もお迎えの子だったのかぁ」

それを聞いて、ヒスイは頬を膨らませる。

【精霊ですわ！　助けてあげましたのに失礼な！】

ヒスイが指を動かすと、蔦が商人たちを包み込み始めた。

自分が死んだと思っているからか、商人たちは特に抵抗しない。

あっという間に木の幹の横にくっつくように、蔦製の大きな繭《まゆ》ができ上がる。

商人たちが蔦の繭に閉じ込められた⁉

「えぇぇ！　ちょっとヒスイ⁉」

慌てる俺に、ヒスイはしれっと答える。

【落ちたら大変ですから、防御壁を作ったのですわ！　別名、グルグルの刑です】

刑が執行されちゃってんじゃん。

「お二人とも、大丈夫ですか？」

二人とも怖がっていないかな。

俺が心配していると、意外にものんびりとした声が返ってきた。

「あ、なんか落ち着きます」

「ありがとうございます。天使様」

快適なのか……。お礼を言われてしまった。

いろいろと誤解しているみたいだけど、まぁ、いいか。

あとで落ち着いたら、ちゃんと説明しよう。それよりも今は……。

木の下を見下ろすと、コクヨウと街道を埋め尽くしたタイロンが対峙《たいじ》していた。

「ブゥォォォ！」

突然目標を見失ったタイロンたちは蹄を鳴らしながら、声を漏らす。

【寄こせ……寄こせ……】

「寄こせって……何をだろう」

俺の呟きに、カイルが眉を寄せる。

「積荷のことでしょうか？」

俺は蔦の球体を振り返ってノックする。

「商人さん、すみません。積荷の中身ってなんですか？」

そんな俺の質問に対して、中から再びのんびりした声が返ってくる。

「床に敷くゴザですよぉ」

ゴザ？　ゴザって確か植物の草や茎を編み込んで作る、敷物だよね？

「ゴザの材料ってなんですか？」

なぜ俺がそんなことを聞くのか、不思議に思ったのだろう。

少しの沈黙のあとに、商人たちの声が返ってくる。

「ドルガドのコルフ草ですけど」

「あの葉っぱは頑丈なんで、最近、バッグやゴザにして売り出しているんです」

その返答に、俺とカイルは顔を見合わせて叫ぶ。

「「それだ！」」

俺たちは謎が解けたというように、コクコクと頷き合う。

「そうか。タイロンたちはコルフ草を目当てに、積荷を襲っていたんだ」

「どうりで。他にも荷馬車が通るのに、この小さな馬車だけが襲われたのか、理由がわかりましたね」

ヒスイは、地上のタイロンたちに視線をやりながら言う。

【つまり、お腹を減らしていたのが原因で、荷馬車を襲っていた、と？】

「食料が枯渇していたのだと考えれば、狂暴化していても不思議じゃありませんし、そういうことでしょう」

カイルの言葉に俺は頷いたが、同時に疑問も生じる。

「だけど、樹海にも森にも植物はあるよね。それを食料にするんじゃダメだったのかな」

「確かにそうですね」

俺とカイルが顔を見合わせて首を捻っていると、再びタイロンたちが騒ぎ出した。

タイロンたちは【草を寄こせ！】と蹄を鳴らす。暴れ出す寸前だ。

「とりあえず、対話を試みよう」

俺たちはルリに乗った状態で距離を保ちつつ、タイロンたちに話しかける。

「群れのリーダーと、話がしたい！」

【先ほどの子供か……】

そんな声が聞こえ、ひと際大きな体のタイロンが、ゆっくりと前に出てきた。

おそらく、先ほど先頭を走っていたタイロンだ。

眼光は強く鋭く、どのタイロンよりも威圧感がある。

俺はルリに言って、タイロンたちの前に降り立つ。

すると俺を護ろうとしてくれているのか、コクヨウとカイルも両隣に並んだ。

【人の子よ。理由が聞きたいと言ったな。聞いてどうする】

タイロンのリーダーは、威厳のある声で低く呟くと、ガッガッと強く蹄を鳴らして鼻息を吐く。

「理由を聞いて、もし君たちが困っているなら、手助けがしたいんだ」

しばらくすると、真意を確かめるように、タイロンのリーダーは俺を正面から見つめる。

【すでに人を襲った我々を、助けるというのか】

「うん。助けたい」

俺はコックリと頷き、強くリーダーを見つめ返す。

すると、リーダーの目から強い威圧感が消えた。

話をしてくれる気になってくれたみたいだ。

「積荷を襲った理由は、コルフ草が欲しいから？　タイロンの主食は草だって聞いているんだけど、コルフ草にこだわる理由があるの？」

すると、タイロンのリーダーが一つ鼻息を吐く。

【我らが本当に必要としているのは、土だ】

「……土？」

思ってもみない答えに、俺は目を瞬かせる。

【我らの主食は草だが、土からしか摂取できないものがあるのだ】

【土ぃ？　よく食えるな】

顔を顰《しか》めるコクヨウに、ヒスイがいたずらっぽく言う。

【あら、土は栄養がありますのよ。まぁ、コクヨウはフィルのお菓子ですっかり甘いもの好きになっていますから、お口に合わないでしょうけどね】

くすくすと笑うヒスイを、コクヨウは睨む。

それを横目に、カイルは驚いた顔で口を開く。

「タイロンが土を食することがあるなんて、知らなかったです」

俺もそれには同意だ。

図鑑にもそんなこと、書いていなかったし。

だけど、象とかラクダとか、塩が含まれる土や岩塩を舐めてミネラルを補給する動物もいると聞いたことがある。それと同じだろうか。

「ここら辺の土を食べても、それは摂取できないの？」

俺が地面を指して言うと、タイロンたちが顔を寄せて言う。

【我らの欲する土は、火山に近いところにある】

【森の土は、我らの欲するものが足りない】

【この草は、我らの土と似ている】

そっか、土にもいろいろ種類があるもんね。

タイロンたちにとって適している土、適していない土があるんだな。

「コルフ草は本来、火山に近いところにある植物だって、アリスが言っていましたが、それが関係しているのでしょうか」

　カイルの推測に、俺も同意する。

「これまでは火山の付近に土を食べに行っていたってことかな？　だけど今は封鎖されているから、それができない……とか？」

　俺の推測に、タイロンのリーダーは頷いた。

　土も野生のコルフ草も、封鎖されている区画の中にしかないってことか。

　噴火がおさまったからしばらくすれば封鎖はとかれるってディーンから聞いているけど、それまでは困るよね。

　だからと言って、それ以外のコルフ草は、ほとんど人間が活用するために栽培しているものだろうし。

　いや、待てよ。野生のコルフ草といえば……。

　俺は指を一本立てて、言った。

「一か所、野生のコルフ草がたくさんあるところを知っているよ」

【本当か!?　どこにあるんだ？】

【たくさん食べられるのか!?】

【俺たちは知らないぞ！】

　タイロンたちは鼻息荒く、ぐいぐいと顔を俺に寄せる。

俺は少し距離をとってから、口を開く。

「谷の向こうだから、君たちが知らないはずの場所だよ」

「三色の泥田、ですよね？」

カイルも同じことを考えていたみたいだ。

俺は頷いて、ニコッと笑う。

「そう。タイロンに食べてもらえるなら、除草の手間はかからないし。谷に関しては、ヒスイが蔦で橋をかければ大丈夫だと思うよ」

そう言うと、タイロンたちは【おぉぉぉ】とどよめく。

しかし、俺は慌ててそんなタイロンたちを押しとどめる。

「まだ期待するには早いかも。君たちが気に入ってくれるコルフ草かどうかわからないんだ。いつもの味とは少し違うかもしれない」

色からして、あの場所に生えているコルフ草は、他のものとは違う。

タイロンたちが欲している栄養が宿っているかは、食べてもらわないとわからないのだ。

「できれば連れて行く前に、味見させてあげたいんだけど……」

俺が腕組みして唸っていると、カイルが手を挙げた。

「でしたら、俺が取って来ましょうか。もし人がいたら、タイロンのことも話してみます」

カイルの申し出に、俺はホッと息を吐く。

「ありがとう、カイル。助かるよ。味が良くても、人がいるところにいきなりタイロンを連れて行ったら驚かれちゃうもんね。ルリ、カイルを乗せて泥田まで行って来てくれる？」

俺がお願いすると、ルリは宙でくるりと一回転をする。

【は～い！　任せてください】

「よろしくね」

俺はルリの頭を撫で、飛んでいくルリとカイルを見送る。

手を振っている俺に、リーダーのタイロンが言う。

【やはりわからない】

「え？　……わっ！」

俺が振り返ると、至近距離でこちらをじーっと見つめていた。

驚いた。顔が大きいし眼力があるから、この距離で見られると、びっくりしてしまう。

「何がわからないの？」

【我らは人の敵だろう。生きるためとはいえ、人を襲ったなら撃たれても仕方ないと覚悟を決めていたのだ】

キッパリと言い切るタイロンに、コクヨウは楽しそうに目を細める。

【ほぅ、仕留められる覚悟はあったか。草食動物にしておくのが惜しいくらいの潔《いさぎよ》さだな】

【それだけのことをしたからな。だから、わからない。なぜ助けてくれるんだ】

そう尋ねるタイロンのリーダーの顔を、俺は優しく撫でる。

「確かに君たちは、人を襲った。だけど、僕は野生の君たちに、人の理《ことわり》を強いるべきではないと思っているんだ」

人も生きるために、ご飯を食べたり森を切り開いたりして、いろいろな生命をいただいている。

同じように、動物だって生きるために必死だ。

「だけどこのままじゃ、君が言ったようにいずれ対立することになる。お互いが歩み寄ることで、対立を避けて共存できるなら、それが一番いいでしょ？」

【我らが、人と共存？】

呟くタイロンのリーダーに、会話を聞いていたコクヨウがフンと鼻を鳴らす。

【フィルらしい甘い考えだな】

ヒスイはそんなコクヨウを睨む。

【傷つけ合わずにすむなら、いいじゃないですか】

タイロンのリーダーは一度群れを見回し、それから俺を見据えて言う。

【共存は、互いに利益を与えねば成立しないだろう。我らにもできることがあるのか？】

その問いに、俺はリーダーの顔を撫でながら微笑む。

「うん。例えばここにいると街道を通る人たちの邪魔になっちゃうから、少し移動してもらうとか。さっき森の中に作った土壁の撤去を手伝ってもらうとかね」

いたずらっぽく言った俺に、リーダーは笑いを含んだ口調で言う。

【それくらいなら、お安い御用だ】

しばらくして、ルリに乗ったカイルが戻って来た。肝心な黒いコルフ草の味は、意外にもタイロンたちに好評だった。

しかも幸いなことに、ちょうど泥田にディーンとイルフォードが来ていて、簡単にことの経緯を話すと、すんなりタイロンたちを連れて行く許可がもらえた。

まぁ、タイロンの群れを連れて行った時は、唖然としていたけど。

どうやら、群れといっても十頭くらいの規模だと思ったようだ。

タイロンの頭数が多いからコルフ草が足りるかちょっと心配していたけど、改めて泥田の周りを調べると、コルフ草は想像以上に広い範囲にわたって生えていた。

これなら、封鎖がとけるまでの期間は、食料に困らないだろう。

【いつものと違う味だが、これはこれで美味いな】

【うむ。栄養もちゃんとあるしな】

【根っこも美味いな】

よしよし、器用に根っこまで引き抜いている。次の芽が出てきても、それごと食べてくれるだろう。

しかも、引き抜いたあとに踏んで地面を固めてくれるから、土手も頑丈になりそうだ。

あとはディーンたちにこれからの段取りについて説明して、引き継げば問題は解決だ。

「まずはコルフ草の影響が出やすい泥田付近から、食べてもらうことにしますね」

俺の説明を聞いて、ディーンはタイロンたちを見回しながら頷く。

「あ、ああ……」

「通常は新しく葉が生えてこないと困るから、根っこまでは食べないみたいなんですが、今回は食べてもらうよう言ってあります」

「そ、そうなのか……」

「タイロンの主食は草全般なので、コルフ草以外の除草もしてくれると思います」

「それは、村人も助かる……」

「あと、封鎖がとけたら、谷の向こうに連れて行ってあげてください。あとは自分たちの土地に戻ると思うので」

「承知した……」

ディーン、どうしたんだろう。

説明に対しては適切な答えを返してくれているけど、なんか心ここにあらずといった様子だ。

「えっと、ここまでの説明、大丈夫ですか？」

俺が顔を覗き込むと、ディーンはハッと我に返る。

「あ、うん、大丈夫だ。いや、召喚獣でもないのに、フィルの言う通り野生のタイロンたちが動くんで、驚いてな」

言われて、今度は俺がハッとする。

しまった！　テキパキ指示を出しすぎたぁ!!

タイロンをいっぱい引き連れてきて驚いていたのって、それもあるのか？

「えっと、タイロンは本当に賢いんです。大人しい性格なので、僕も驚きました。ははは」

俺は頭を掻きながら、ディーンに向かって笑う。

「そうなのか？」

ディーンがじっと見てくるので、俺はイルフォードを指さす。

「ほら、イルフォードさんもタイロンと仲良くしてますよ」

俺が指さした先では、イルフォードがタイロンに、コルフ草を引き抜いては食べさせを繰り返している。

自分が引き抜くんなら、除草のためにタイロンたちを呼んだ意味がなくなってしまう気もしたが、むっちゃむっちゃ食べる様子が面白いらしいのだ。

タイロンたちも人から食べさせてもらったほうが食べやすいのだろう、その周りを取り囲んでいる。

「なるほど、確かに大人しいな」

その様子をみて、ディーンも納得してくれたようだ。

イルフォードのおかげで助かった。

俺はホッと胸を撫で下ろす。

「フィルには今回も助けられたな。今度、何かお礼をさせてくれ」

そう言うディーンに、俺は「いえいえ」と首を横に振る。

「お礼なんて結構です。こちらのほうが助かりました。これでタイロンがコルフ草の積荷を襲わずにすみます」

すると、ディーンが小さく笑う。

「それだってドルガドの街道での出来事だろう？　フィルは関係ないじゃないか」

「まぁ、それもそうなんですが、友達の商会が困っていましたし……」

そう言って、俺は再びハッと息を呑む。

「あの、このことって……報告します？」

俺がディーンの顔を窺いながら尋ねると、ディーンは片眉を上げる。

「ん？　フィルが街道のタイロン問題と泥田のコルフ草問題を、同時に解決したってことか？」

「そうです。それです。できれば僕の名前を出さないでいただけると……」

俺の言葉に、ディーンは目を大きく開ける。

「なんでだ？　大したものだと、ディルグレッド国王陛下が褒めてくださると——……国王陛下に知られたくないのか？」

聞かれて、俺はコクリと大きく頷いた。

「あぁ、対抗戦で気に入られていたもんな？　ドルガドの臣下に引き入れたいと言われるほどに」

ディーンは事情を察してくれたようで、苦笑いでそう言ってくれた。

俺はため息とともに頷く。

あの時は、アルフォンス兄さんが間に入って、グレスハートが援助している学生なので他国に譲れませんってことで、どうにかおさまったんだけど……。

ディルグレッド国王がものすごく残念がっていたんだよね。

「俺としては、シリルも喜ぶし、うちの国に来て欲しいけどな」

最近、ディーンはブラコンを隠さなくなってきたな。

「グレスハートから留学してきた身なので、板挟みになっちゃうんです」

祈るポーズで俺がそう言うと、ディーンは笑った。

「わかった。恩人の頼みとあれば、聞かないわけにはいかないな。なんとか誤魔化しておく」

「ありがとうございます！」

国王と国に忠誠を誓っているディーンとしては、本意ではないだろうに。

でも、約束を違《たが》える人でないことは、良く知っている。

俺が安堵していると、どこからか俺を呼ぶ声が聞こえた。

カイルが慌てた様子でやって来る。

「フィル様、すみません。ちょっとお話が……」

声をひそめながら、口元に手を当てるポーズをする。

ディーンに聞かれたらまずい話みたいなので、俺はカイルの口元に耳を寄せる。

「商人さんたちが目覚めたんですが……」

商人さんとは、先ほど蔦の繭に入っていただいた二人のことだろう。

あのあと、荷馬車と商人さんたちを下に降ろしたんだけど、ヒスイのことは話せないから、蔦のことは召喚獣がやったって誤魔化そうと思っていたんだよね。

でも、蔦の繭を開けたら、余程居心地が良かったのか商人さんたちは爆睡していた。

早朝にあの街道にいたってことは、夜から活動していたのだろうから、疲れていたんだな。

彼らが起きるまでタイロンの群れを待機させるわけにいかなかったので、説明はカイルに任せ、俺はタイロンを連れてこちらに来たわけだ。

詳しく話していないが、ディーンたちにも街道事件の話はしたので、別段内緒にする必要はないはずなんだけど……？

「すみません。誤解がとけませんでした」

カイルはそう言って、クッと唇を噛む。

俺も声をひそめて聞き返す。

「え……まだ自分が亡くなったとか天の国にいるとかって思ってるの？」

確かに『亡くなった』とか『天の国』とか、ディーンにこんな内容を聞かれたら、どういうことってなるよな。

カイルがディーンに聞こえないよう耳打ちしてきた理由を、俺はそんな風に推測する。

しかし、理由はそれだけではなかったらしい。

カイルは首を横に振り、声を低める。

「思い切り頬をつねって、死んでいるという誤解はとけました」

「……じゃあ、何を誤解しているの？」

俺が首を傾げると、カイルは辛そうな顔で言う。

「生きているのは、天使様に助けてもらったからだと思っているようで。つまりは、一度天の国に行って、天使の力で五体満足で地上に戻されたのだ、と……」

天使様って……俺のことか。

まぁ、危うくタイロンに体当たりされるところを助けたって意味では、一部当たっているけど。

「そ、それで？」

俺はゴクリと喉を鳴らし、続きを促す。

カイルは少し躊躇っていたものの、意を決した様子で口を開いた。

「フィル様が天使だという誤解がとけませんでした」

言うが早いか、カイルはバッと頭を下げる。

いや、そんな全力で謝られても！

「誤解、とけばいいじゃん！」

「ダメですよ。全然、話を聞いてくれなかったんです」

確かにあの人たち、思い込み激しそうだったけれども。

「あの時、ルリに乗っていたじゃないですか。彼らの視界的に、ふわふわ浮かんで見えて……そんな勘違いをしてしまったのだと思います」

カイルはそう冷静に分析する。

「でもあの時、カイルも横にいたよね？」

俺と一緒にルリに乗っていたんだから。

俺の問いに、カイルはポリポリと頬を掻く。

「俺は、その、普段からよく気配を消して行動していて、今回も……」

……ずるい。俺だって気配消したかった。

あぁ、このことが大事にならないといいんだけどなぁ。

俺ががっくりと項垂れていると、そこにコルフ草をたくさんタイロンたちに食べさせて満足したイルフォードが戻って来た。

「……どうかしたの？　しょんぼりしてる」

イルフォードの言葉に対して、ディーンは首を横に振る。

「よくわからないが、何か落ち込むことがあったらしい」

イルフォードは小首を傾げ、「そっか」と俺の頭を撫でて慰めてくれた。


後日、俺のあの嫌な予感が的中することになる。

ライラから『商人たちがタイロンの群れに襲われたところ、天人の御使いが現れて商人と積荷を守ってくれたんですって！』と感激した口調で熱弁を振るわれたのだ。

あぁぁ、やっぱり天使が起こした奇跡のお話になっちゃってるっ！

少し時間を置いたら商人さんたちも冷静になって、天使がいたなんて勘違いに気がつくんじゃないかと思っていたのに。

そんな一縷《いちる》の望みにかけていたのにぃぃ。

新学期始まって早々、また父さんに報告できない出来事が、一つ増えてしまったのだった。

転生王子はダラけたい（学園でも）
1〜4
『ぽっこりしててイイね』
安彦良和談
転生王子＆従者が
異世界でモフモフと
留学旅へ出発！
王家に生まれ、あふれる才能を持ちながら、もふもふ召喚獣と一緒のグータラ生活だけを夢見る第三王子フィル。地元ではどうしても目立ってしまうと気づいた彼は、誰も自分を知らない異国の名門学園へ、はるばる留学することを決意しました。フィルと従者カイル、伝説の獣コクヨウの旅が始まります！
[原作] 朝比奈 和　[漫画] 川越マチコ
B6判／各定価：748円（10%税込）
コミックス発売中
アルファポリス 漫画　検索

転生王子はダラけたい
1~3
漫画 堀代ししゃも Horishiro Shishamo
原作 朝比奈和 Asahina Nagomu
シリーズ累計64万部突破（電子含む）

転生王子はダラけたい 3
召喚獣達もたくさん!
新天地へ
異世界のほほんファンタジー最終第3巻!!

あやかし蔵の管理人
朝比奈和
あさひな・なごむ
1～3
コミカライズ好評連載中!
毎月第2水曜日更新予定
今すぐアクセス
アルファポリス 漫画 検索
居候先の古びた屋敷は
あやかし達の憩いの場!?
突然両親が海外に旅立ち、一人日本に残った高校生の小日向蒼真は、結月清人という作家のもとで居候をすることになった。結月の住む古びた屋敷に引越したその日の晩、蒼真はいきなり愛らしい小鬼と出会う。実は、結月邸の庭にはあやかしの世界に繋がる蔵があり、結月はそこの管理人だったのだ。その日を境に、蒼真の周りに集まりだした人懐こい妖怪達。だが不思議なことに、妖怪達は幼いころの蒼真のことをよく知っているようだった——
◎各定価：704円（10%税込）　◎Illustration：neyagi
あやかし蔵の管理人
朝比奈和
居候先の古びた屋敷は
あやかし達の憩いの場!?
アルファポリス「第1回キャラ文芸大賞」優秀賞作品!
全3巻好評発売中!

あやかし蔵の管理人
Ayakashi Gura no Kanrinin
1~2
原作 朝比奈 和
漫画 北野りりお
ほっこり優しい妖怪譚
平凡な高校生活が一転、小《こ》日向《ひなた》蒼《そう》真《ま》は両親の海外赴任のため、亡き祖母の知り合いだという小説家の結《ゆ》月《づき》清《きよ》人《と》のもとで居候することに。古びているけれど温かい結月邸に迎えられ、ほっと一安心していたその夜、蒼真は可愛らしい小鬼と遭遇！　なんでも結月邸の庭には、あやかしの世界に繋がる蔵があり結月はその蔵の管理人だった。その日を境に、蒼真の周りには人懐っこい妖怪達が集まりだして……!?
コミックス大好評発売中!!
あやかし蔵の管理人
2
あやかし達との平和な生活に危機迫る!?
アルファポリスWebサイトにて好評連載中！
B6判
各定価：748円（10%税込）
無料で読み放題
今すぐアクセス！
アルファノルンWebマンガ

The Record by an Old Guy in the world of Virtual Reality Massively Multiplayer Online
とあるおっさんのVRMMO活動記
椎名ほわほわ
Shiina Howahowa
1~28
アルファポリス
第6回
ファンタジー
小説大賞
読者賞受賞作!!
累計180万部突破の大人気作
(電子含む)
TVアニメ
2023年10月2日より放送開始!
TOKYO MX·BS11ほか
コミックス
1~11巻
好評発売中!
超自由度を誇る新型VRMMO「ワンモア・フリーライフ・オンライン」の世界にログインした、フツーのゲーム好き会社員・田《た》中《なか》大《だい》地《ち》。モンスター退治に全力で挑むもよし、気ままに冒険するもよしのその世界で彼が選んだのは、使えないと評判のスキルを究める地味プレイだった!
——冴えないおっさん、VRMMOファンタジーで今日も我が道を行く!
1~28巻 好評発売中!
各定価:1320円(10%税込) illustration:ヤマーダ
漫 画:六堂秀哉 B6判
各定価:748円(10%税込)
アルファポリスHPにて大好評連載中!
アルファポリス 漫画
検索

月が導く異世界道中
Tsukiga Michibiku Isekai Dochu
あずみ圭
Azumi Kei
1~18
8.5
シリーズ累計
350万部
(電子含む)
の超人気作!
TVアニメ 第2期
2024年1月から
2クール
放送決定!
月が導く異世界道中
あずみ圭
薄幸系男子の成り上がりファンタジー、開幕!
なんでだろう
親の都合で
異世界へ
待望の書籍化!
異世界へと召喚された平凡な高校生、深澄真。彼は女神に「顔が不細工」と罵られ、問答無用で最果ての荒野に飛ばされてしまう。人の温もりを求めて彷徨う真だが、仲間になった美女達は、元竜と元蜘蛛!? とことん不運、されどチートな真の異世界珍道中が始まった!
月が導く異世界道中
1
あずみ圭
木野コトラ
とことん不運、されどチート!!
2期までに
原作シリーズもチェック!
●各定価:1320円(10%税込)
●illustration:マツモトミツアキ
1~18巻好評発売中!!
漫画:木野コトラ
●各定価:748円(10%税込) ●B6判
コミックス1~12巻好評発売中

この作品に対する皆様のご意見・ご感想をお待ちしております。

おハガキ・お手紙は以下の宛先にお送りください。

【宛先】

〒150-6008 東京都渋谷区恵比寿 4-20-3 恵比寿ｶﾞｰﾃﾞﾝﾌﾟﾚｲｽﾀﾜｰ 8F
（株）アルファポリス　書籍感想係

メールフォームでのご意見・ご感想は右のＱＲコードから、
あるいは以下のワードで検索をかけてください。

アルファポリス　書籍の感想　検索

ご感想はこちらから

本書は Web サイト「アルファポリス」（https://www.alphapolis.co.jp/）に投稿されたものを、改稿、加筆のうえ、書籍化したものです。

転《てん》生《せい》王《おう》子《じ》はダラけたい 16

朝比奈 和（あさひな なごむ）

2023年 9月 30日初版発行

編集－若山大朗・今井太一・宮田可南子
編集長－太田鉄平
発行者－梶本雄介
発行所－株式会社アルファポリス
〒150-6008 東京都渋谷区恵比寿4-20-3 恵比寿ｶﾞｰﾃﾞﾝﾌﾟﾚｲｽﾀﾜｰ8F
TEL 03-6277-1601（営業） 03-6277-1602（編集）
URL https://www.alphapolis.co.jp/
発売元－株式会社星雲社（共同出版社・流通責任出版社）
〒112-0005 東京都文京区水道1-3-30
TEL 03-3868-3275
装丁・本文イラスト－柚希きひろ
装丁デザイン－AFTERGLOW
印刷－中央精版印刷株式会社

価格はカバーに表示されてあります。

落丁乱丁の場合はアルファポリスまでご連絡ください。

送料は小社負担でお取り替えします。


ISBN978-4-434-32661-5 C0093